Tucholsky   Wagner        Zola      Scott         Sydow    Freud      Schlegel
         Turgenev    Wallace            Fonatne
    Twain      Walther von der Vogelweide   Fouqué      Friedrich II. von Preußen
              Weber                  Freiligrath
Fechner          Weiße Rose   von Fallersleben   Kant    Ernst           Frey
        Fichte                                          Richthofen   Frommel
        Engels        Fielding    Hölderlin
    Fehrs    Faber        Flaubert   Eichendorff   Tacitus   Dumas
Feuerbach    Maximilian I. von Habsburg   Fock   Eliasberg   Zweig    Ebner Eschenbach
              Ewald            Eliot                          Vergil
      Goethe           Elisabeth von Österreich      London
Mendelssohn   Balzac    Shakespeare              Dostojewski       Ganghofer
        Trackl   Lichtenberg   Rathenau      Doyle      Gjellerup
    Stevenson   Tolstoi       Hambruch
Mommsen            Lenz      Hanrieder   Droste-Hülshoff
      Thoma      von Arnim
Dach      Verne         Hägele      Hauff       Humboldt
    Reuter   Rousseau   Hagen     Hauptmann
  Karrillon                                      Gautier
        Garschin
    Damaschke   Defoe      Hebbel    Baudelaire
              Descartes             Hegel   Kussmaul   Herder
Wolfram von Eschenbach        Dickens   Schopenhauer
    Darwin       Melville          Rilke    George
  Bronner                  Grimm   Jerome
    Campe   Horváth     Aristoteles         Bebel   Proust
Bismarck   Vigny       Barlach   Voltaire   Federer      Herodot
        Gengenbach          Heine
  Storm   Casanova   Lessing   Tersteegen   Gilm   Grillparzer   Georgy
      Chamberlain      Langbein          Gryphius
Brentano                      Lafontaine
  Strachwitz   Claudius   Schiller   Schilling   Kralik   Iffland   Sokrates
    Katharina II. von Rußland   Bellamy
              Gerstäcker   Raabe   Gibbon   Tschechow
Löns   Hesse   Hoffmann   Gogol       Wilde      Vulpius
Luther   Heym   Hofmannsthal         Morgenstern   Gleim
    Roth   Heyse   Klopstock   Klee   Hölty         Goedicke
Luxemburg         Puschkin   Homer   Kleist
    La Roche         Horaz   Mörike
  Machiavelli                          Musil
Navarra   Aurel   Musset   Kierkegaard   Kraft   Kraus
Nestroy   Marie de France   Lamprecht   Kind   Kirchhoff   Hugo   Moltke
              Laotse   Ipsen   Liebknecht
  Nietzsche   Nansen
      Marx   Lassalle   Gorki   Klett      Ringelnatz
von Ossietzky   May         Leibniz
        vom Stein   Lawrence      Irving
Petalozzi   Platon
  Sachs   Pückler   Michelangelo   Knigge   Kock   Kafka
    Poe            Liebermann      Korolenko
  de Sade   Praetorius   Mistral   Zetkin

# Der Wildtödter

James Fenimore Cooper

# Impressum

Autor: James Fenimore Cooper
Umschlagkonzept: toepferschumann, Berlin

Verlag: tredition GmbH, Hamburg
ISBN: 978-3-8424-8900-4
Printed in Germany

# Noch ist Frieden am Glimmersee

Zur Zeit unserer Geschichte – zwischen den Jahren 1740 und 1745 – war nur ein schmaler Streifen Landes an beiden Ufern des Hudson von der Mündung bis zu den Fällen unweit seiner Quelle von Siedlern bewohnt und bildete mit ein paar vorgeschobenen Siedlungen am Mohawk und am Schoharie die Kolonie New York. Mit mächtigen Wäldern drängte die Urwildnis vom Westen her noch an den Hudson heran und darüber hinweg nach Neu-England hinüber. In diesem unübersehbaren Gebiet von noch unberührten Wäldern, mit glänzenden Seen und rauschenden Flüssen, war der Indianer unumschränkter Herr seiner angestammten Jagdgründe, und auf lautlosen Mokassins zog er hier gegen die weißen Eindringlinge auf Kriegspfad, die ihm das Land seiner Väter streitig machen wollten.

Eine klare Junisonne lag über den hohen Baumkronen eines dichten Waldes, aus dem ab und zu die lauten Rufe zweier Männer drangen. Eine Gestalt arbeitete sich durch das verschlungene Gestrüpp am sumpfigen Rande einer Lichtung, die die Natur durch Brand und Sturm selbst geschaffen hatte und dem Wanderer den Ausblick auf ein Stückchen Himmel gestattete.

»Hier kann man wieder atmen!« rief der rissige Wanderer vergnügt, »Hurra, Wildtöter, jetzt haben wir wieder Licht und sind nahe am See!« Da bog auch schon der zweite Wanderer das Gebüsch auseinander und trat ins Freie. Er ordnete seine verschobene Kleidung und ging zu seinem Gefährten herüber, der sich zur Rast niederlassen wollte.

»Kennt ihr den Platz hier?« fragte der mit Wildtöter Angeredete, »oder habt ihr nur die Sonne so freudig begrüßt?«

»Beides, mein Junge, und ich will nicht Hurry Harry heißen, wenn an dieser Stelle nicht die Jäger im Sommer ihr Lager gehabt haben. Aber daß es bereits Mittag ist, braucht mir die Sonne nicht erst zu sagen, mein Magen hier ist eine Uhr, wie sie in der ganzen Kolonie nicht zu finden ist und zeigt stark auf halb eins. Laß uns also eine gründliche Mahlzeit halten.«

Es gab kaum ein prächtigeres Bild kraftvoller Männlichkeit als diesen Hurry Harry, den »flinken Heinz«, wie er allgemein genannt wurde. Sein richtiger Name war Henry March, aber die Grenzleute hatten es sich von den Indianern angewöhnt, Spitznamen zu erteilen, und so verdankte March seinen Beinamen seinem heftigen, ungestümen Wesen und seiner ständigen Unrast. Ueberall in den zerstreuten Siedlungen Zwischen der Provinz und Kanada war er wohlbekannt. Hurry maß sechs Fuß vier Zoll der Länge nach und war prachtvoll gewachsen, seine Körperkraft entsprach durchaus dem Eindruck, den seine riesige Gestalt machte. Aus einem offenen, hübschen Gesicht blickte er mit biederer Offenheit in die Welt, sein Benehmen war von der frischen Derbheit, wie sie den Grenzbewohnern eigen war.

Wildtöter, wie Harry seinen Gefährten nannte, unterschied sich in Wuchs und Wesensart sehr von diesem. Etwas kleiner von Gestalt, leicht und schlank, ließen seine Muskeln zwar nicht auf ungewöhnliche Körperstärke, aber auf ungemeine Gewandtheit schließen. Sein jugendliches Gesicht verriet nichts Besonderes, aber es lag ein gewinnender Ausdruck von Ehrlichkeit und Lauterkeit darin, der jedem Vertrauen einflößen mußte.

Die beiden Grenzer waren noch jung, Hurry mochte 26 Jahre zählen, Wildtöter etwas weniger. Ihrer aus gegerbten Wildhäuten angefertigten Kleidung sah man die Spuren jahrelangen Waldlebens an. Jedoch erkannte man in Wildtöters Anzug eine Bemühung, straff und gefällig zu erscheinen, besonders, was seine Ausrüstung anging. Seine Büchse war ordentlich gepflegt, der Griff seines Jagdmessers zierlich geschnitzt und bunte Stickerei zierte die Jagdtasche.

»Kommt her, Wildtöter«, rief er, »greift zu und zeigt mir euren Delawarenmagen, ihr seid doch auf Delawarenart groß geworden. Laßt nun den Hirsch eure starken Zähne fühlen, wie er euer Schießeisen schon zu spüren bekam!«

»Einen Hirsch zu schießen, hat mit Männlichkeit wenig zu tun«, erwiderte Wildtöter. »Einen Panther oder eine Wildkatze auf die Decke zu legen, mag schon eher angehen. Die Delawaren haben mir meinen Namen auch nicht für ein kühnes Herz, sondern für meine guten Augen und meine Behendigkeit gegeben.«

»Die Delawaren«, spottete Hurry, »sind selber keine Helden, sonst hätten sie sich nicht von den jämmerlichen Mingos unterkriegen lassen.«

»Das sind Lügen der Mingos«, erwiderte Wildtöter, »ich lebe jetzt schon zehn Jahre unter den Delawaren und weiß, daß sie sich ebenso tapfer schlagen werden wie jedes andere Volk, wenn es sein muß.«

»Nun, da wir gerade dabei sind«, fuhr Hurry fort, »antwortet mir doch ehrlich auf eine andere Frage: Ihr verdankt euren Namen eurem Jagdglück, Wildtöter, aber habt ihr schon jemals auf menschliches Wild geschossen, auf einen Feind, der auch auf euch abgedrückt hatte?«

Auf dem offenen Gesicht des so Gefragten spiegelte sich eine leichte Verlegenheit, doch dann antwortete er: »Offen gesagt, nein. Während meines Aufenthaltes bei den Delawaren habe ich keine Gelegenheit dazu gehabt und es erscheint mir unrecht, einem Menschen, außer im offenen Kampfe, das Leben zu nehmen.«

»Ihr habt also noch nie einen Kerl erwischt, der hinter euren Fallen und Häuten her war und ihn kurzerhand selbst bestraft mit Pulver und Blei?«

»Ich bin kein Fallensteller, Hurry«, gab der junge Mann stolz zurück, »und lebe nur von meiner Büchse. Die Felle, die ich verkaufe, haben neben den natürlichen Löchern zum Sehen und Atmen auch alle ein Loch von meiner Kugel.«

»Alles schön und gut«, warf Hurry ein, »aber heute handelt es sich nicht um Vierfüßler, sondern um die tückischen Rothäute, mit denen wir einen regelrechten Krieg haben. Jeder Skalp von ihnen ist ein Feind weniger. Ich werde eure Gesellschaft nicht lange in Anspruch nehmen, wenn ihr nicht größeren Ehrgeiz kennt, als eure Schießkunst nur am Wild zu üben.«

»Wenn ihr euch meiner deshalb schämt, können wir uns heute abend schon trennen. Wir sind, wie ihr sagt, sowieso bald am Ziel unserer Wanderung. Ich erwarte einen Freund, der es nicht für schändlich hält, mit einem Menschen umzugehen, der noch nicht seinesgleichen umgebracht hat.«

»Ich möchte nur wissen, was der Delaware schon so früh im Jahr hier zu suchen hat«, brummte Hurry vor sich hin, und an Wildtöter gewandt, fragte er: »Wo soll euch der junge Häuptling treffen?«

»An einer kleinen Felsenkuppe, am Ende des Sees. Die Stämme kommen dort zusammen, um Verträge abzuschließen oder das Kriegsbeil zu begraben. Ich habe bisher weder den See noch den Felsen gesehen. Mingos und Mohikaner behaupten beide, ihnen gehöre das Land, und im Frieden wird es ja wohl auch von beiden Stämmen zum Jagen und Fischen benutzt, aber wie das jetzt im Kriege aussehen wird?«

»Gemeinsames Gebiet!« lachte Hurry, »da möchte ich nur hören, was der schwimmende Tom Hutter dazu sagen würde. Er sitzt seit 15 Jahren auf dem See und wird ihn gegen beide Stämme verteidigen.«

»Muß ein sonderbarer Mann sein, dieser Tom Hutter, nach dem, was ihr mir von ihm erzählt habt.«

»Es wird gemunkelt, daß er in seiner Jugend Seeräuber gewesen sei und sich in die Wälder zurückgezogen habe, um hier seine Beute in Ruhe zu verzehren. Vor zwei Jahren ist seine Frau gestorben und er hat sie nach Seemannsart im See versenkt. Nun lebt er hier noch mit seinen zwei Töchtern Judith und Hetty. Diesem Kleeblatt gilt mein Besuch.«

»Ja, ich weiß. Von der schönen Judith habe ich schon bei den Delawaren erzählen hören. Man sagt ihr nach, daß sie sehr putzsüchtig und eitel sei.«

»Nun, sie ist nicht nur anziehend und wird von den Offizieren der Forts umworben, sie ist auch sehr gescheit, und ich würde sie auf der Stelle heiraten. Den alten Vater mag ihre Schwester Hetty pflegen, die ist zwar nicht so schön und besitzt wenig Verstand, ist aber herzensgut.«

»Die Indianer betrachten solche Menschen als begnadete Geschöpfe, und keine Rothaut würde ihr ein Leid antun. Aber nun laß uns aufbrechen, damit wir die sonderbaren Schwestern kennenlernen, die Sonne geht schon in den Nachmittag hinein.«

Die Wanderer nahmen ihre Packtaschen auf, hängten die Waffen um und tauchten wieder in das Dunkel des Waldes.

Hurry kannte nun die Richtung, nachdem er den offenen Fleck und die Quelle wiedergefunden hatte, und mit sicheren Schritten ging er durch das dichte Unterholz voran. Nach ungefähr einer Meile stockte er, seine Blicke gingen suchend umher.

»Das muß die Stelle sein, Wildtöter!« meinte er endlich. »Hier ist eine Buche neben einem Schierling, drei Fichten sind dicht dabei, und dahinter eine Birke mit abgeknickter Spitze. Ich sehe aber keine heruntergebogenen Zweige, die müßten auch da sein!«

»Geknickte Zweige sind schlechte Wegzeichen, auch der Dümmste merkt, daß sie nicht von selbst brechen, und das erweckt Verdacht und führt zur Entdeckung.«

Wilötöter blickte forschend umher und seinen scharfen Augen war ein gekrümmtes Bäumchen nicht entgangen, das Menschenhand in den Spalt einer vermodernden Linde hineingezwängt hatte.

»Seht her, Hurry, da ist das Zeichen, das ihr sucht!«

»Ich muß zugeben, Wildtöter, ihr habt ein gutes Auge für euer Alter.«

»Es macht sich, Hurry, es macht sich. Aber es gibt noch bessere. Da ist Tamemund, der schon so alt ist, daß keiner eigentlich weiß, wann er mal jung gewesen ist – und der nichts seinem Blick entgehen läßt, und Unkas, der Vater Chingachgooks, der rechtmäßige Häuptling der Mohikaner – und Chingachgook selber –«

»Wer ist eigentlich dieser Chingachgook, mit dem ihr euch verabredet habt? Eine herumstreifende Rothaut und weiter nichts?«

»Die beste Rothaut, die ich kenne! Wenn es rechtmäßig zuginge, wäre er heute ein großer Häuptling. So ist er nichts weiter als ein tapferer und geachteter Delaware, denn sein Volk und sein Geschlecht sind gesunken. Es würde auch euch rühren, wenn ihr an den Winterabenden in ihren Wigwams säßet und die Geschichten vom einstigen Glanz der Mohikaner mit anhören würdet.«

»Man kennt die Prahlereien der Indianer«, versetzte Hurry stehenbleibend, »die Hälfte ihrer Überlieferungen ist für mich pures Geschwätz.«

»Gewiß, Hurry,« entgegnete Wildtöter, »sie prahlen, das ist nun einmal eine ihrer Eigenarten. Aber hier« – Wilötöter zeigte auf einen alten umgestürzten Lindenbaum – »haben wir das Versteck gefunden!«

»Jawohl, das ist der Baum,« sagte Hurry erfreut, indem er in die Höhlung des Baumes hineinsah, »und alles ist noch so hübsch ordentlich beisammen wie in Großmutters Kommode.«

Mit Bedacht gingen die beiden Männer ans Werk und legten ein Rindenkanu frei, das Hurry dort geschickt versteckt hatte, und das mit Sitzen und Rudern, Angelschnüren und Ruten vollständig ausgerüstet war. Der bärenstarke Hurry nahm das nicht kleine Kanu ohne Mühe auf die Schulter und lehnte alle Hilfe ab.

»Geht voraus, Wildtöter, und haltet die Büsche auseinander!« Wildtöter bahnte seinen Gefährten einen Weg durch das Gestrüpp, und sie waren noch keine zehn Minuten gegangen, als sie plötzlich in das Licht der Sonne heraustraten, das von einer weiten Wasserfläche zurückstrahlte.

Ein Ausruf der Ueberraschung entfuhr Wildtöter beim Anblick des großen Gewässers, das er zum erstenmal sah. Es war ein herrliches Bild! Still und durchsichtig, wie ein Kristall, der von Hügeln und Wäldern köstlich eingefaßt wurde, lag der See. Er mochte wohl drei Meilen lang sein, die Breite war unregelmäßig, da die Linie der bergigen Ufer durch viele Buchten und Landzungen unterbrochen wurde. Am nördlichen Ende erhob sich einsam ein Berg.

Eine feierliche Stille und tiefster Friede lag über der ganzen Landschaft. Wohin der Blick sich auch wendete, nichts als die spiegelglatte Fläche des Sees, der seines Glanzes wegen den Namen Glimmersee erhalten hatte.

Wildtöter konnte sich nicht sattsehen an diesem Stück unberührter Natur, mit großen Augen schaute er nach rechts und links, nach Norden und Süden, und fand immer wieder neue Bilder, die sein Entzücken hervorriefen. »Aber halt – was ist das?« rief er nach einer Weile Hurry zu, »das ist für eine Insel zu klein und für ein Boot zu groß! Was steht dort vor uns, mitten im Wasser?«

»Das ist die Wasserburg Tom Hutters, die von den Herren aus den Forts auch die Biberburg genannt wird. Dies ist sein festes

Haus. Das andere schwimmt irgendwo im Wasser, und ist unter dem Namen Arche bekannt. In einer Viertelstunde bringt uns das Kanu hinüber.«

Wildtöter half beim Zurichten des Bootes, und in kurzer Zeit schwamm es auf dem Wasser. Mit schnellen Ruderschlägen glitten sie über die spiegelglatte Fläche des Sees hin, der eigenartigen Biberburg entgegen. »Bei den Kämpfen mit den Indianern hier am See ist der alte Tom Hutter dreimal ausgeräuchert worden, und bei einem Gefecht verlor er seinen einzigen Sohn,« erzählte Hurry. »Seit der Zeit hat er sich aufs Wasser gemacht. Da kann ihn keiner angreifen, außer mit Booten. Und das kann den Rothäuten teuer zu stehen kommen, denn Hutter ist mit Waffen und Munition gut versorgt.«

# Der geheimnisvolle Mokassin

Das Kanu war dem Kastell immer näher gekommen, und Wildtöter sah, daß das aus dicken Fichtenstämmen errichtete Gebäude viel besseren Schutz bot als die üblichen Blockhäuser. Es stand auf dicken Pfählen mitten im Wasser auf einer Sandbank.

»Habe mirs schon gedacht,« rief Hurry aus, als sie das Boot festmachten und ausstiegen, »keine Menschenseele zu Hause. Wahrscheinlich ist die ganze Familie auf Biberfang.«

Während sich Hurry mit den auf der Plattform ausgelegten Angelgeräten und Fallen beschäftigte, trieb Wildtöter die Neugierde ins Haus, das äußerlich von dicken rohen Fichtenstämmen gezimmert, im Innern recht behaglich eingerichtet war und von Sauberkeit glänzte. Neben groben Geräten, wie sie in Blockhäusern üblich sind, sah er auch manche feinen Einrichtungsgegenstände, die sich aus einem besseren Haus hierher verirrt haben mußten. Hinter einem großen Gemach, das als Stube und Küche zu dienen schien, lag die Kammer der beiden Mädchen.

»Tom Hutter versucht sich im Fallenstellen!« rief Hurry Wildtöter zu, als dieser nach seinem Rundgang durch das Haus wieder ins Freie trat, »wenn es euch Spaß macht, können wir uns beim Biberfang mit dem Alten einige schöne Tage machen.«

Wildtöter war stehen geblieben und sah mit großen Augen auf die gläserne Flut und die schwärzlichen Hügel im Hintergrund. »Hat der See eigentlich einen Namen?« fragte er unvermittelt, »es ist doch sicher auch ein Abfluß da?«

»Man nennt den See allgemein den Glimmersee – wegen seines glänzenden Spiegels –, und der Susquehannah, den ihr unten im Delawarengebiet wohl schon gesehen habt, ist sein Abfluß.«

»Gewiß, schon hundertmal habe ich an seinen Ufern gejagt.«

Inzwischen hatte Hurry unter den Gerätschaften des alten Tom ein altes Schiffsfernrohr gefunden und suchte damit die Buchten und Landzungen des Sees sorgfältig ab.

»Der alte Knabe treibt sich scheinbar im Süden herum, jagen wir ihn also in seinem Schlupfwinkel auf!«

Sie bestiegen wieder das Boot und ruderten hart am westlichen Ufer entlang, um sich nicht der Entdeckung durch umherstreifende feindliche Indianer auszusetzen. Mit angespannten Sinnen waren sie so dem Südende des Sees nahegekommen, als Hurry auf einen aus dem Wasser ragenden Felsen deutete. »Hier in der Nahe muß der Abfluß sein, in dem sich auch Hutter mit seiner Arche versteckt haben wird.«

Der Felsen war nur an die sechs Fuß hoch und war durch die Wirkung des Wassers, das ihn Jahrhunderte unablässig bespült hatte, oben vollkommen rund geworden, so daß er einem Bienenkorb ähnlich sah. Es war derselbe Felsen, an dem sich Wildtöter mit seinem Freunde, dem jungen Häuptling Chingachgook, treffen wollte.

Der Abfluß des Sees war kaum zu erkennen; Bäume und Buschwerk, die weit über das Wasser ragten, verdeckten ihn vollständig. Mit der Strömung ließen sie das Boot den Fluß hinuntertreiben, über dem uralte Bäume und üppiges Buschwerk ein dichtes Laubdach gebildet hatten.

Durch Festhalten an einem Busch brachte Hurry das Boot plötzlich zum Stehen. »Da ist er ja, der alte Knabe, und wie ich vermutet habe, bis an die Knie im Wasser und Schmutz, um den Bibern nachzustellen. Aber von der Arche bemerke ich noch nichts!«

In diesem Augenblick kam, in Reichweite von Wildtöters Ruder, in einer Oeffnung des Laubwerks ein auffallend hübsches Mädchengesicht zum Vorschein, und freundliches Lächeln begrüßte die beiden. Ohne es zu wissen, hatten sie neben der Arche haltgemacht, die in den Büschen sorgfältig versteckt lag. Judith Hutter brauchte nur die Büsche vor ihrem Fenster etwas wegzuschieben, um die Ankömmlinge willkommen zu heißen.

Die Arche, wie Hutters schwimmende Festung allgemein hieß, bestand aus einer Art Fähre, auf die ein niedriges Holzhaus – ähnlich wie die Wasserburg, aber mit dünneren Brettern, die eben einer Gewehrkugel standhalten mochten – aufgesetzt war. Sie war zwar roh, aber recht geschickt zusammengezimmert, und enthielt zwei Gemächer; eins für den Vater, das andere für die beiden Mädchen. Die Küche befand sich auf dem freien Teil der Fähre unter freiem

Himmel, da dies Hausboot doch nur während des Sommers benutzt wurde.

Hurry war gleich mit einem Satz an Bord gesprungen und begann mit Judith eine angeregte Unterhaltung. Wildtöter sah sich erst einmal das seltsame Bauwerk genauer an und prüfte mit fachmännischem Blick Sicherheit und Festigkeit, nicht ohne auch das Versteck noch einmal zu untersuchen, das sie selbst so genarrt hatte. Bei seinem Rundgang durch die beiden Räume traf er schließlich auf Hetty, die am anderen Ende der Fähre unter dem Laubdach des Buschwerks bei einer Nadelarbeit saß.

»Ihr seid wohl Hetty Hutter,« sprach er das junge Mädchen an, »Hurry Harry hat mir von euch erzählt.«

»Ja, ich bin Hetty«, gab das Mädchen mit sanfter Stimme zurück, »und wie ist euer Name?«

»Mein Vater hieß Bumppo, und mit Vornamen nannte man mich Natty. Nicht lange übrigens, denn bald fanden die Delawaren, unter denen ich aufwuchs, daß ich kein Freund von Lügen war, und nannten mich zuerst »Gerade Zunge«. Da ich schnell zu Fuß war, hieß ich bald die »Taube«.«

»Das war ein hübscher Name!« rief Hetty aus, »und Tauben sind schöne Vögel.«

»Aber ich trug ihn nicht länger, bis ich mir ein Gewehr einhandeln konnte; da zeigte sich, daß ich einen Wigwam wohl mit Wildbret zu versorgen verstand, und ich erhielt meinen jetzigen Namen »Wildtöter«. Nur Leuten, die mehr Wert auf den Skalp eines Mitmenschen als auf ein Hirschgeweih legen, gefällt er weniger.«

»Ich gehöre nicht zu diesen«, erwiderte Hetty schlicht, »Judith liebt Soldaten und bunte Federn und Röcke. Mir gefallen sie nicht, denn ihr Beruf ist das Umbringen ihrer Mitmenschen. Der eure gefällt mir besser und euer letzter Name ist sehr schön.«

Inzwischen hatte auch Tom Hutter mit seinem Kanu an der Arche angelegt und war keineswegs erstaunt, Besuch vorzufinden.

»Ich habe schon eine Woche nach euch ausgespäht«, begrüßte er Hurry freundlich. »Es kam ein Eilbote hier durch mit der Warnung an alle Jäger und Fallensteller, daß sich die Kolonie mit dem französischen Kanada wieder in den Haaren liegt. Da fühlte ich mich mit den beiden Mädchen einsam genug hier in den Bergen. Ihr seid auch nicht allein in diese Wildnis gekommen«, setzte er mit einem forschenden und mißtrauenden Blick auf Wildtöter hinzu.

»Warum auch nicht? Auch ein schlechter Reisegesell hilft immer noch den Weg verkürzen, und dies ist noch dazu ein guter. Es ist Wildtöter, alter Thomas, unter den Delawaren als Jäger berühmt, aber als Christenmensch aufgezogen wie du und ich. Wenn wir in die Lage kommen sollten, unsere Fallen und unser Land hier verteidigen zu müssen, wird er uns gut mit Wildbret versorgen können.«

»Ihr seid willkommen, junger Mann«, brummte Tom und streckte ihm seine starke, knochige Hand hin, »in solchen Zeiten ist ein weißes Gesicht ein Freundesgesicht, und ich rechne auf euren Beistand. Schon sind Wilde am Ufer des Sees, und keiner kann wissen, wie nahe sie schon herangekommen sind.«

»Wenn das wahr ist, Tom Hutter, dann steckt eure Arche in der schlechtesten Lage. Uns hat das Schutzdach ja getäuscht, aber ob sich ein Indianer, der auf Skalpe aus ist, an der Nase herumführen läßt, ist noch die Frage.«

»Ich denke wie ihr, Hurry, und wünsche, wir lägen in diesem Augenblick woanders als in diesem engen Loche, in dem wir verloren sind, wenn sie uns hier finden. Die Schwierigkeit ist nur, aus dem Fluß herauszukommen, ohne gesehen zu werden von Wilden.«

»Seid ihr sicher, Meister Hutter, daß die Rothäute, die ihr hier vermutet, auch wirklich von Kanada herübergekommen sind, und könnt ihr welche beschreiben?« fragte Wildtöter bescheiden.

»Gesehen habe ich zwar keine, aber als ich nach meinen Biberfallen schaute, fand ich eine halbe Stunde von hier eine frische Indianerfährte, und überdies einen abgetragenen Mokassin, den sein Besitzer fortgeworfen hatte.«

»Das sieht allerdings nicht nach einer Rothaut auf dem Kriegspfad aus«, meinte Wilötöter und schüttelte den Kopf, »ein erfahrener Krieger hätte dergleichen Spuren verbrannt oder eingegraben. Wenn ich den Mokassin sehen könnte, würde ich vielleicht Genaueres sagen können. Ich erwarte hier einen jungen Häuptling, vielleicht war es seine Spur.«

»Hurry Harry, ihr seid hoffentlich genau bekannt mit dem jungen Mann hier, der sich in einer fremden Gegend mit einer Rothaut verabredet«, fragte Hutter in einer Art und Weise, die über den Beweggrund zu seiner Frage keinen Zweifel ließ. »Möchte schon wissen, was er hier in dieser abgelegenen Gegend zu bestellen hat.«

»Ihr habt ein Recht, so zu fragen«, erwiderte Wildtöter mit ruhiger Stimme. »Ich bin ein junger Mensch, der bis jetzt noch nicht auf Kriegspfad gewesen ist. Als nun zu den Delawaren die Nachricht kam, daß ihnen das Kriegsbeil übersandt werden würde, da baten sie mich, in die Siedlungen der Weißen zu gehen, um auszukundschaften, wie es um ihre Sache steht. Das habe ich getan, und nachdem ich den Häuptlingen berichtet hatte, hielt Chingachgook, ein junger Häuptling, die Zeit für günstig, mit ihm gemeinsam zum ersten Mal auf Kriegspfad zu gehen. Er hat bisher auch noch mit keinem Feind zu tun gehabt. Ein alter Delaware schlug uns als Treffpunkt den Felsen am Ende des Sees vor. Ich will nicht verheimlichen, daß Chingachgook noch etwas anderes vor hat, doch davon kann ich noch nicht sprechen, das sind seine Angelegenheiten.«

»Und ihr meint, die Spur, die ich gesehen habe, sei vielleicht die eures Freundes gewesen, der sich verfrüht hat?« fragte Hutter.

»Wenn ich den Mokassin zur Hand hätte, wollte ich es in einer Minute heraushaben.«

»Hier ist er schon!« sagte die flinke Judith, die inzwischen zu Hutters Kanu gelaufen war, ihn zu holen, »nun sagt uns, ob Freund oder Feind!«

»Das ist keine Delawaren-Arbeit«, erklärte Wildtöter, »möchte fast behaupten, daß er aus dem Norden stammt.«

»Dann sollten wir nicht einen Augenblick länger hier liegen, als unbedingt notwendig ist. In einer Stunde ist es Nacht – und dann ohne Geräusch vorwärts zu kommen, dürfte unmöglich sein.«

# Der Angriff der Rothäute

Hutter hielt mit seinen Gästen einen längeren Kriegsrat ab, und sie beschlossen so schnell wie möglich die Arche in den See zurückzubringen. Die Bastseile, mit denen Hutter sein schwimmendes Haus festgemacht hatte, wurden gelöst, und als die Männer mit vereinter Kraft an dem Tau, das an einem oben im See ausgeworfenen Anker befestigt war, zogen, bewegte sich das schwere Fahrzeug langsam flußaufwärts. Hutter hatte diese Art, seine Arche im Fluß zu bewegen, gewählt, um ohne jedes Geräusch der Ruder aus dem engen Fluß herauszukommen.

Aber nach einiger Zeit wurden sie durch die Strömung an das westliche Ufer getrieben, wo die Kajüte mit solchen Geräusch gegen die herunterhängenden Bäume und Büsche stieß, daß sie sich besorgt anschauten. Niemand konnte wissen, ob nicht in jedem Augenblick ein lauernder Feind zum Vorschein kommen könne, und Lautlosigkeit ihrer Bewegungen schien ihre beste Sicherung. Auch trug die Dunkelheit dazu bei, das Unbehagen zu verstärken. Die Sonne war noch nicht vollständig untergegangen, aber das Abendlicht lag nur noch auf den Höhen, die Schatten der dichten Wälder, in die schon am Tage nur wenig Licht fiel, verdüsterten sich immer mehr.

Endlich erreichten sie die oberste Windung des Susquehannah, wo man schon einen Teil des Sees erblickte.

»Gott sei Dank!« sagte Hurry erleichtert, »hier können wir unsere Feinde doch wenigstens sehen.«

»Hoffentlich ist es so«, meinte Hutter, »es läßt sich ein ganzes Rudel Krieger nirgends so gut verstecken als gerade am Ufer bei der Mündung. Der Augenblick, in dem wir an den Bäumen dort vorüber müssen, ist der gefährlichste, denn dort hat der Gegner alle Deckung.

Judith und Hetty, laßt das Steuerruder und geht in die Kajüte, ohne euch am Fenster blicken zu lassen. Die euch da sehen können, machen euch keine Komplimente. Und wir, Hurry, treten in den Raum und ziehen durch die Tür am Seil, um vor Überraschungen geschützt zu sein. Ihr, Freund Wildtöter, geht beständig von Fenster zu Fenster und beobachtet das Ufer!«

Wildtöter spürte keine Furcht, aber das Unerhörte ihrer heiklen Lage ließ sein Blut schneller kreisen. Zum erstenmal in seinem Leben stand er am Feind, und noch dazu einem so verschlagenen und hinterhältigen Gegner gegenüber wie den Indianern. Als er durch ein Fenster beobachtete, fuhr die Arche gerade durch die engste Stelle des Flusses, wo die Wasser aus dem See sich in das Flußbett ergossen. Von hüben und drüben neigten sich hier die Bäume zueinander und verschlangen sich zu einem grünen Dach, unter dem die Strömung rauschte und brauste.

Da bot sich ihm ein Anblick, der eine so junge und unerfahrene Schildwache wohl bestürmen konnte: Auf einem Baum, der wie ein Bogen über das Wasser hinweggewachsen war, standen nicht weniger als sechs Indianer, andere warteten darauf, nachfolgen zu können, sobald Platz würde.

Sie waren offenbar darauf aus, auf dem Stamm über das Wasser vorzulaufen und auf das Dach der Arche herunterzuspringen, wenn diese unten durchfahren mußte. Wildtöter war mit den Gewohnheiten der Indianer vertraut genug, um sofort zu erkennen, daß sie alle Kriegsbemalung angelegt hatten und dem feindlichen Stamme der Irokesen angehörten.

»Zieht, Hurry!« schrie er, »Zieht um euer Leben und um Judith Hutter, wenn ihr sie lieb habt! Zieht, Mann, zieht!«

Dieser Schrei galt einem Mann, der Riesenkräfte hatte. Er klang so verzweifelt ernst und beschwörend, daß Hutter und Hurry wohl fühlten, er sei nicht ohne Grund ausgestoßen. Sie strengten ihre Kräfte am Seil auf das Äußerste an, und mit verdoppelter Geschwindigkeit glitt die Fähre unter dem Baum dahin. Die Indianer sahen sich entdeckt, schauerlich erscholl ihr Kriegsgeheul, sie liefen wie besessen auf dem Stamm nach vorn und sprangen auf ihre vermeintliche Beute. Aber alle außer dem Anführer fielen in den Fluß, nur der Häuptling, der als erster springen konnte, war gerade noch auf das Bootsdeck gefallen. Er schien halb betäubt, und blieb einen Augenblick mit angezogenen Gliedern liegen. Diesen Augenblick ausnutzend, war Judith Hutter aus der Kajütte vorgesprungen und stieß ihn kopfüber in das Wasser. Gleich sprang auch Wildtöter hinzu und brachte das kühne Mädchen in die Kajüte zurück in Sicherheit; nicht einen Augenblick zu früh: denn schon schallte wildes Geschrei aus dem Wald und klatschte das Blei gegen die Wände. Die Arche war indessen in schneller Fahrt geblieben und die wütenden Wilden stellten ihr nutzloses Feuer ein. Hutter holte den Anker herauf, den sie inzwischen erreicht hatten, ohne das Boot anzuhalten, und sie erreichten das offene Wasser. Mit zwei Rudern, die Hutter und March unter dem Schutz der Kajüte bedienten, entfernten sie sich immer mehr von dem gefährlichen Ufer.

Im Vorderteil des Schiffes wurde nun wiederum Kriegsrat abgehalten. »Unser Vorteil ist«, erklärte Hutter, »daß wir auf dem Wasser schwimmen, und es gibt kein Kanu auf dem See, von dem ich nicht wüßte, wo es ist. Eures ist bei uns – dann sind noch zwei in hohlen Bäumen so versteckt, daß ich nicht annehme, die Indianer könnten sie finden.«

»Es läuft kein Hund so sicher auf einer Fährte wie eine Rothaut, wenn sie spürt, daß etwas für sie abfällt«, warf Wildtöter ein, und Hurry unterstützte ihn: »Ich schätze, daß sie noch vor morgen Nacht die andern Kanus an sich gebracht haben werden, wenn sie ernstlich vorhaben, euch auszuräuchern, alter Tom.«

Hutter antwortete nicht gleich. Er sah stillschweigend um sich, blickte zum Himmel auf, betrachtete den Wald, den See, als warte er auf ein Zeichen. Doch kam ihm keine Warnung von dort.

»Judith«, sagte er endlich, »die Nacht ist da, bereite mit Hetty unseren Gästen etwas zu essen, sie werden hungrig sein.«

Als die beiden Mädchen in die Kajüte gegangen waren, verhehlte Tom Hutter nicht, was er über seine augenblickliche Lage dachte, und aus seinen Worten sprach die ernste Sorge um das Schicksal seiner beiden Töchter.

Nachdem ihm jedoch Wildtöter und Hurry versichert hatten, daß sie ihm in seiner Bedrängnis beistehen würden, fühlte er sich sichtlich erleichtert, und schon begann er darauf zu sinnen, wie man den Feinden an die Gurgel gehen könnte. Als er nun erzählte, daß die Regierung auf Skalps hohe Preise ausgesetzt habe, war ihnen klar, worauf er hinaus wollte. Hurry war schnell bereit, mitzumachen. Nicht so Wildtöter, der mit seiner Meinung über das Unmenschliche und eines Weißen Unwürdige solcher Grausamkeiten nicht zurückhielt.

»Werde euch beistehen, alter Mann, wo immer es sein muß, aber um dergleichen Handwerk auszuüben und dafür Geld einzustreichen, müßt ihr schon alleine ausrücken«, sagte er zu Tom Hutter, »ich werde dann bei den Mädchen Wache halten.«

Die Beratungen dauerten noch eine Weile fort, bis Judith mit dem einfachen, aber kräftigen Mahl erschien.

Inzwischen war die Nacht hereingebrochen, die Wälder ringsum schwiegen, kein Ruf, kein Vogelsang war zu hören. Der einzige Laut, den man vernahm, war das stetige Klirren der Ruder, und mit gelassenen Schlägen trieben Hurry und Wildtöter die Arche der Wasserburg zu. Nicht lange danach erhob sich ein leichter Südwind, und Hutter setzte Segel. Sie konnten aufhören zu rudern, und nach etwa zwei Stunden sahen sie die Wasserburg in der Finsternis aufragen. Langsam trieb die Arche auf das Bauwerk zu, wo sie festgelegt wurde.

Es war niemand dort gewesen, seit Hurry und sein Gefährte das Haus betreten hatten. Da man den Feind in der Nähe wußte, befahl Hutter seinen Töchtern, kein Licht anzuzünden, um nicht den Feinden den Weg zu weisen.

# Die Wilden machen Gefangene

Die beiden Mädchen hatten sich zur Ruhe begeben, als Hutter mit seinen beiden Gefährten wieder auf die Arche ging. Hier eröffnete er ihnen seinen Plan. Von dem, was er mit Hurry noch allein zu unternehmen gedachte, sagte er allerdings noch kein Sterbenswörtchen.

»Worauf es in unserer Lage allein ankommt«, begann er, »ist, daß wir das Wasser beherrschen. Solange kein anderes Fahrzeug auf dem See ist, gilt auch ein Kanu soviel wie ein Kreuzer. Mit Schwimmen können sie uns die Burg nicht wegnehmen. Fünf Kanus gibt es auf dem See, vier davon gehören mir, das fünfte Hurry. Drei davon sind bei uns, das eine liegt in dem Kanu-Dock unter dem Haus, zwei hängen an der Fähre. Die anderen beiden sind an Land in hohlen Stämmen versteckt, und die Wilden, erbost über die erlittene Abfuhr, werden alles absuchen, um sie zu finden.«

»Nein, mein lieber Hutter«, unterbrach ihn Hurry, »der Indianer lebt nicht, der ein anständig verstecktes Kanu aufspürte. Ich habe in diesem Geschäft schon einiges geleistet, und kann, das wird Wildtöter bezeugen, ein Kanu so fein verstecken, daß ich es am Ende selbst nicht wiederfinde.«

»Richtig, Hurry«, warf Wildtöter ein, »nur vergeßt ihr zu sagen, daß nicht ihr, sondern ich euer Kanu herausgebracht habe. Aber ich bin mit Meister Hutter einer Meinung, es ist bedeutend klüger, die Wilden nicht zu unterschätzen, als große Hoffnungen auf ihre Einfalt zu setzen.

Wenn wir also die beiden Kanus in die Burg schaffen wollen, sollten wir keinen Augenblick mehr verlieren.«

»Macht ihr mit?« fragte Hutter, der von dem Vorschlag überrascht und befriedigt war.

»Selbstverständlich! Mache alles mit, was sich mit meiner weißen Farbe verträgt und ich ihr schuldig bin. Gehe mit euch bis ins Lager und in das Land der Mingos, und ihr werdet sehen, daß ich meine Pflicht tue, wenn es sein muß. Habe freilich noch nie im Feuer gestanden und will nicht mehr versprechen als ich halten kann.«

»Auf jeden Fall wißt ihr mit dem Ruder umzugehen, junger Mann«, sagte Hutter, »und das ist alles, was wir von euch in dieser Nacht verlangen. Laßt uns also in die Boote gehen und handeln, anstatt zu schwatzen.«

Ein Boot war schnell klar gemacht, Hurry und Wildtöter griffen zu den Rudern, und Hutter, der allein die Verstecke der Kanus wußte, gab die Richtung an. In einer knappen halben Stunde hatten sie ohne Anstrengung einen vorspringenden Punkt der Küste erreicht, gut eine Meile von der Arche entfernt.

Die Ufer wurden genau abgesucht, aber es war nichts Ungewöhnliches auszumachen; so hielt man sich sicher genug, an Land zu gehen, zumal die Stelle, wo sie vorhin mit den Wilden zusammengestoßen waren, ziemlich weit entfernt war. Hurry und der alte Tom sprangen an Land und ließen Wildtöter zur Bewachung des Bootes zurück. Der hohle Stamm lag ein Stück aufwärts nach dem Berge zu, und Hutter schlug den Weg dorthin ein, mit äußerster Vorsicht, alle paar Schritt stehen bleibend, um zu horchen. Aber nichts war zu hören.

»Hier ist es«, flüsterte Hutter und setzte den Fuß auf den Stamm einer umgestürzten Linde, »zieht das Boot vorsichtig heraus!«

Nachdem Hurry das Boot behutsam aus der hohlen Linde gezogen hatte, nahm er es auf die Schulter, und die beiden traten den Rückweg zum Ufer an, Schritt für Schritt setzend, um an dem steilen Hang nicht zu stürzen. Zuletzt mußte Wildtöter noch an Land kommen und das Kanu durch das Dickicht tragen helfen. Endlich lag das leichte Fahrzeug neben dem Boot und Hutter steuerte nun der Mitte des Sees zu. Hier ließ er das gerettete Kanu mit dem leichten Wind gegen das Kastell zu treiben, auf der Heimfahrt gedachte er es dann mitzunehmen.

Ohne Schwierigkeit wurde so auch das zweite versteckte Kanu geborgen und aufs Wasser gebracht. Im Besitz aller Boote des Sees war die Zuversicht der drei Männer erheblich gestiegen. »Wenn die Rothäute nun dem Kastell einen Besuch abstatten wollen, mögen sie waten oder schwimmen, es war doch eine gute Idee, ins Wasser zu bauen. Jetzt können wir ihnen Trotz bieten«, meinte Hurry, als sie ihr Vorhaben glücklich beendet hatten und am Ufer zusammenstanden.

»Laßt uns ein Stück an der Südküste hier entlang rudern,« sagte Hutter, »und nachschauen, ob denn wirklich nichts von einem Lager zu sehen ist, – aber zuerst wollen wir mal etwas tiefer hier in die Bucht eindringen, wir sind noch nicht weit genug vorgewesen, um diesen Winkel gesehen zu haben.«

Sie gingen alle drei in der angegebenen Richtung vor, kaum waren sie soweit gekommen, daß sie die Bucht richtig übersehen konnten, blieben sie wie angewurzelt stehen: vor ihnen lag ein Feuerbrand in den letzten Zügen, es konnte kein Zweifel sein, daß es ein verlöschendes Lagerfeuer der Indianer war. Die Wahl des nur von einer Seite einzusehenden Platzes verriet ganz ungewöhnlichen Bedacht, und Hutter, der die Stelle als einen der besten Fischplätze des ganzen Sees kannte, schloß daraus, daß sie das Lager der Weiber und Kinder vor sich hatten, die zu dem feindlichen Indianertrupp gehörten, mit dem sie schon auf der Arche in so unangenehme Berührung gekommen waren.

»Das ist kein Kriegerlager,« knurrte er, »da schläft Beute genug um das Feuer herum, wir werden uns eine hübsche Summe Kopfgeld teilen können. Schickt den Jungen zu den Booten, Hurry, er ist zu so etwas nicht zu gebrauchen, wir werden inzwischen die Sache wie Männer anpacken.«

»Ganz nach meinem Geschmack, alter Tom«, erwiderte Hurry, und wandte sich an Wildtöter: »Setzt euch ins Boot und rudert auf den See hinaus, nehmt das andere mit und laßt es draußen treiben wie das erste Boot. Dann könnt ihr die Küste entlang fahren, möglichst nahe an der Bucht. Wenn wir euch brauchen, werden wir rufen. Ich schreie wie ein Tauchervogel, wenn es etwas Besonderes gibt. Wenn ihr Schießen hört und Lust habt mitzufechten, könnt ihr ja kommen und sehen, ob ihr auf die Rothäute genau so sicher zu halten wißt wie auf die Hirsche.«

»Mein Rat ist der, daß ihr die Sache unterlaßt,« warnte Wildtöter ernst.

»Aber es geht eben nicht nach euren Wünschen – und damit Schluß! Fahrt los, und bis ihr zurückkommt, wird sich im Lager drüben schon einiges rühren!«

Widerwillig und schweren Herzens fügte sich Wildtöter, er kannte die Vorurteile der Grenzer zu gut, um nicht das Zwecklose weiteren Redens einzusehen. So ruderte er denn mit aller Vorsicht auf die Mitte der stillen Wasserfläche zu und ließ das mitgeschleppte Boot vor dem leichten Südwind gegen das Kastell zu treiben, wie sie es mit dem anderen Boot auch gemacht hatten. Sie hielten es für unmöglich, daß die leichten Kanus bis zum Tagesanbruch weiter als eine oder zwei Meilen treiben würden, so daß man sie wieder einzuholen gedachte. Damit nicht etwa ein herumstrolchender Indianer unversehens mit einem der Kanus davonfahren konnte, hatten sie sämtliche Ruder in dem dritten Boot zurückbehalten.

Wildtöter wendete also und kehrte jener Stelle der Küste zu, die ihm Hurry bezeichnet hatte, wo er in großer Spannung den Ausgang des wagehalsigen Unternehmens abwartete.

Es mochten etwa anderthalb Stunden dahingegangen sein, als Wildtöter auffuhr. Die Stille der Nacht wurde durch einen gräßlichen Schrei zerrissen, von einem Weibe oder einem Knaben in höchster Todesangst ausgestoßen. Dann hörte er deutlich das Krachen von Zweigen, und Fußtritte, Laufen und Stampfen; es war, als suchten Flüchtige eine Stelle zum Abstieg an den See. Wildtöter ruderte so schnell er konnte, dem näherkommenden Lärm folgend, auf ein steiles Stück der Küste zu. Jetzt fielen einige Schüsse, aus den Büschen drang Geschrei und Geräusch, aus dem sich entnehmen ließ, daß Mann gegen Mann kämpfte.

»Glitschiger Teufel!« brüllte Hurry in enttäuschter Wut, »schmiert sich das Fell ein, daß ich ihn nicht packen kann! Nimm das für deine Kniffe!« Diesen Worten folgte das Fallen eines schweren Körpers den Hang herab, als hätte Hurry den Gegner mit aller Wucht von sich geschleudert. Flucht und Verfolgung begannen von neuem. Gleich darauf sah er Hurry, von Feinden buchstäblich umklammert, den Hang herunterrollen.

»Bemaltes Gesindel!« schrie Hurry, »laßt ab von mir! Ihr habt mich ja in eurer Gewalt, wollt ihr mich denn vollständig erwürgen?«

Da wußte Wildtöter, daß seine Gefährten gefangen waren, und er ihr Schicksal teilen würde, wenn er jetzt zu landen versuchte. Schon hörte er auch Hutter ihm zurufen: »Seid auf der Hut, Wildtöter, haltet euch vom Lande fern und beschützt meine Kinder! Soldaten der Garnison werden euch sicher bald zu Hilfe kommen!«

Den Warnungen, die Hutter und Hurry Wildtöter noch zurufen wollten, machten die Indianer schnell ein Ende und mit Triumphgeheul entfernten sie sich mit ihren Gefangenen im Dickicht.

Wildtöter horchte noch einen Augenblick, dann ruderte er in trüben Gedanken auf den See hinaus und stieß bald auf das zuletzt ausgesetzte Kanu, das er an sein Boot band. Dann legte er sich im Boot nieder, um noch einige Stunden zu schlafen und Kräfte für den kommenden Tag Zu sammeln. Die Boote trieben langsam nach Norden, über seinem Haupt glänzten die ewigen Sterne, schön und mild, und zwischen den schwarzen Wäldern lag friedlich und dunkel der See.

# Wildtöters Falkenauge bewährt sich

Es dämmerte schon, als der junge Mann die Augen aufmachte. Er fuhr sofort von seinem harten Lager in die Höhe, um festzustellen, wo er sich befand. Der leise Wind hatte in der Nacht etwas zugenommen und so waren die federleichten Kanus doppelt so weit getrieben, als er gerechnet hatte, sie waren dem Fuß des Gebirges, das steil von der östlichen Küste aufstieg, bereits so nahe gekommen, daß er schon die Vogelstimmen deutlich hören konnte. Noch schlimmer war, daß das dritte Kanu dieselbe Richtung eingeschlagen hatte und auf eine Landspitze zutrieb, auf die es im nächsten Augenblick auflaufen mußte! Wildtöter tat ein paar schnelle Ruderschläge, aber es war schon zu spät, er konnte es nicht mehr einholen, bevor es strandete.

Aller Wahrscheinlichkeit nach hatten die Indianer eine Menge Späher ausgeschickt, um die Ufer des Sees nach Fahrzeugen abzusuchen, ihnen mußte der kleinste Gegenstand auffallen, der darauf herumschwamm. So ruderte er vorsichtig der Landspitze zu, wo das Boot hängengeblieben war, mit äußerster Behutsamkeit und auf alle Ueberraschungen gefaßt. Hundert Schritt vom Lande erhob er sich im Boot, gab ihm mit drei, vier Schlägen einen mächtigen Stoß nach vorn und nahm die Büchse hoch, als ein Schuß krachte und eine Kugel zischend an ihm vorbeifuhr. Gleich darauf warf er sich der Länge nach auf den Boden des Kanus nieder. Ein gellender Schrei folgte, ein Indianer setzte aus den Büschen hervor und sprang über die Lichtung der Landzunge auf das gestrandete Boot zu. Darauf hatte Wildtöter nur gewartet, als er sich wie getroffen hinwarf. Er richtete nun sein Gewehr auf den ungedeckten Gegner. Aber er zauderte, abzudrücken, der andere schien ihm zu sehr im Nachteil. Dieses Zögern rettete dem Indianer das Leben, er lief ebenso schnell wieder in Deckung zurück, wie er hervorgekommen war. Nun sprang auch Wildtöter an Land und in Deckung, wo er beobachten konnte, wie der Indianer mit dem Laden seines Gewehrs beschäftigt war. In ehrlichem Kampfe wollte er ihm nun gegenübertreten.

Sowie der Indianer neu geladen hatte, sah er um sich und trat vor, ohne die wirkliche Stellung Wildtöters zu kennen und sich nach der falschen Seite sichernd. Wildtöter rief ihn an: »Hierher, Rothaut, hierher, wenn du mich suchst! Ich bin zwar noch unerfahren im Kriegführen, aber nicht so sehr, daß ich mich auf freiem Feld aufpflanze, um mich wie eine Eule bei Tageslicht abschießen zu lassen. Es liegt nun bei dir, ob Krieg oder Frieden zwischen uns sein soll, ich bin ein weißer Mann, und halte es nicht für eine Heldenstück, einen Menschen aus dem Hinterhalt umzubringen.«

Der Wilde war nicht übel erschrocken, als er sich der Gefahr bewußt wurde, in die er hineingetappt war. Er ließ sich seine Bestürzung aber nicht anmerken, sondern stellte den Kolben seines Gewehrs zur Erde, als wäre weiter nichts, und machte eine Gebärde großartiger Höflichkeit. Doch flammten und funkelten seine Augen wie bei einem Raubtier, das sich plötzlich gehindert sieht, den todbringenden Sprung auszuführen.

»Zwei Kanu,« sagte, er in den tiefen, gurgelnden Tönen seiner Rasse, und hielt zwei Finger in die Höhe, um nur ja verstanden zu werden, »zwei Kanu – eins für dich und eins für mich.«

»Nein, Mingo, so handeln wir nicht!« erwiderte Wildtöter, »dir gehört überhaupt keins, und solange ich es verhindern kann, sollst du auch keins kriegen. Ich weiß wohl, daß Krieg zwischen deinem und meinem Volk ist, das ist aber kein Grund, einander umzubringen wie wilde Tiere, die im Wald aneinandergeraten. Geh also deinen Weg und laß mich den meinen gehen. Wenn wir uns in ehrlicher Schlacht gegenüberstehen sollten, wird der Himmel unser Schicksal entscheiden.«

»Gut!« rief der Indianer, »mein Bruder Missionar – große Reden!«

»Stimmt nicht, alter Krieger, ich bin vorläufig nur ein Jäger, und es kann sein, daß ich auch gegen deine Leute Krieg führen muß, aber nicht um ein elendes Kanu.«

»Gut! Mein Bruder sehr jung, aber sehr weise. Kleiner Krieger, großer Redner!«

Damit näherte sich der Wilde zutraulich und bot lächelnd seine Hand. Sie schüttelten sich kräftig die Hände, jeder eifrig bemüht, den anderen von seiner Friedfertigkeit und Aufrichtigkeit zu überzeugen.

»Jeder das Seine haben,« sagte der Wilde, »ich mein Kanu, du dein Kanu.«

»Das wäre recht und billig, Mingo, aber diesmal bist du im Irrtum. Doch Sehen ist Glauben, laß uns ans Ufer gehen, damit du dich mit eigenen Augen überzeugen kannst.«

Bei den Booten angekommen, deutete der Wilde sofort auf das erste und sagte: »Weißen Mannes Arbeit – nicht mein Kanu! Aber das andere roten Mannes Kanu!«

»Bist im Irrtum, Rothaut, vollständig im Irrtum! Das Kanu gehört dem alten Hutter nach jedem Gesetz. Sieh doch die Arbeit an – das hat kein Indianer gemacht.«

»Gut! Mein Bruder wenig alt – aber viel Weisheit. Indianer das nicht gemacht.«

»Freut mich, Mingo, daß du so denkst. Es hätte sonst doch noch Händel gegeben. Ich will gleich das Boot beseitigen, um weiteren Streit zu vermeiden.« Mit diesen Worten setzte Wildtöter den Fuß an das Ende des leichten Bootes und gab ihm einen kräftigen Stoß, daß es weit in den See hinausschoß. Der Wilde stutzte bei diesem entschiedenen Verfahren, und Wildtöter entging der Blick nicht, mit dem er gierig das andere Boot betrachtete, in dem alle Ruder lagen. Aber dann hatte er seine freundliche Miene wieder und sagte in scheinbarer Zufriedenheit: »Gut, gut! Junger Kopf, alter Verstand. Weiß wie Streit schlichten. Lebewohl, Bruder. Weißer Mann zur Wasserburg, Indianer ins Lager, Häuptling sagen, daß kein Kanu zu finden.«

Über diesen schnellen Abschied war Wildtöter um so mehr erfreut, als er die Mädchen im Kastell nicht langer ohne Schutz lassen wollte, und so nahm er die dargebotene Hand des Indianers freundlich an. Sie schieden mit friedlichen Worten, der rote Mann, ohne sich auch nur ein einziges Mal mißtrauisch umzusehen, schritt ruhig dem Walde zu, Wildtöter wandte sich dem Boote zu, die Büchse friedlich in der Hand, ohne jedoch den Indianer aus den Augen zu lassen. Doch schien sein Mißtrauen völlig ungerechtfertigt zu sein, und beschämt sah er endlich weg und stieß den Nachen vom Ufer ab. Als er dann zufällig sein Auge noch einmal dem Lande zukehrte, sah er mit dem sicheren Blick seines geübten Auges, in welcher

Gefahr er schwebte: durch eine schmale Öffnung in den Büschen starrten die funkelnden Augen des Wilden und der Lauf des Gewehrs schien auf ihn gerichtet zu sein.

Jetzt kam Wildtöter seine lange Übung als Jäger zugute: gewohnt, auf das Wild im Sprunge zu schießen, hatte er im Nu die Büchse hochgerissen und ohne erst lange zu zielen, feuerte er dorthin, wo das schreckliche Gesicht den heimtückischen Gegner vermuten ließ. Beide Schüsse fielen zu gleicher Zeit, ihr Schall vermischte sich, und von den Bergen rollte ein einziges Echo zurück. Wildtöter stand aufrecht und unerschütterlich wie eine der Tannen in der Stille des Morgens, den Erfolg abwartend, während der andere mit gellendem Schrei, den Tomahawk schwingend, über die Lichtung auf ihn zueilte. Als der Mingo nur noch etwa zwanzig Schritt von ihm entfernt war, schleuderte er seine gefährliche Waffe gegen Wildtöter, aber mit so unsicherer und schwacher Hand, daß der gewandte Jäger sie auffangen konnte. In diesem Augenblick taumelte der Indianer und brach entkräftet zusammen.

»Ich wußte es,« sagte Wildtöter vor sich hin, der eben wieder laden wollte, »als ich seine blutdürstigen Augen gesehen hatte. Man zielt schnell, wenn das eigene Leben in Gefahr ist. Um den Bruchteil einer Sekunde war ich schneller als er, sonst wärs mir schlecht ergangen. Seine Kugel hat mich noch an der Seite gestreift.«

Er warf den Tomahawk ins Kanu und schritt auf sein Opfer zu. Auf seine Büchse gelehnt, sah er mit trüben Augen auf ihn hernieder. Es war das erstemal, daß er einen Mann im Kampfe hatte fallen sehen. Der Indianer lebte noch, mitten durch den Leib geschossen, lag er auf dem Rücken, und nur seine Augen beachteten jede Bewegung seines Gegners. Er wartete auf den Gnadenstoß, oder gar darauf, den Skalp lebendigen Leibes verlieren zu müssen. Wildtöter erriet seine Gedanken.

»Keine Angst, Rothaut, hast nichts mehr von mir zu befürchten. Ich bin ein Bleichgesicht, das Skalpieren ist nicht meine Sache. Ich will nur deine Büchse holen, dann komme ich wieder, dir beizustehen. Lange freilich kann ich hier nicht bleiben, denn drei Schüsse – das wird mir wohl bald einige von deinen Teufeln auf den Hals bringen.«

Wildtöter hob die Büchse des Wilden auf und legte sie und seine eigene ins Boot, dann kam er zu der sterbenden Rothaut zurück. »Sei getrost, Rothaut,« sagte er, »unsere Feindschaft ist ausgelöscht, und ich will an dir nach weißen Mannes Art anständig handeln.«

»Wasser!« stieß der Unglückliche hervor, »gib armen Indianer Wasser!«

Wildtöter nahm ihn auf seine Arme und trug ihn an den See hinunter, wo er ihn in bequemer Lage trinken ließ. Dann setzte er sich auf einen Stein und nahm den Kopf des Wilden in seinen Schoß, um ihm Trost zuzusprechen. Der Sterbende fragte nach seinem Namen. »Wildtöter« meinte er, »guter Name für Knaben, nicht für Krieger. Keine Furcht, Auge sicher, Finger schnell – – Falkenauge, nicht Wildtöter!«

Wildtöter oder Falkenauge, wie der junge Jäger jetzt zum erstenmal genannt wurde, nahm die Hand des Sterbenden, dessen letzte Blicke mit Bewunderung an seinem Gegner hingen, der soviel Mut und Entschlossenheit bewiesen hatte. Sein Atem entfloh, Wildtöter drückte ihm die Augen zu. Er lehnte den toten Indianer aufrecht mit dem Rücken gegen einen Felsen, wie es indianische Sitte war, dann ging er ins Boot, und entfernte sich vom Lande. Er ließ das Kanu treiben und überlegte seine Lage.

Das zuerst ausgesetzte Kanu trieb unter dem Winde dahin, vielleicht eine Viertelmeile entfernt von ihm, und näher am Ufer, als ihm lieb sein konnte, denn er mußte annehmen, daß noch mehr Indianer in der Nähe waren. Das andere, das er von der Landspitze weggestoßen hatte, sah er nur wenige Ruderschläge vor sich, er hielt darauf zu und nahm es ins Schlepptau, um nun das andere einzuholen.

Es kam ihm sonderbar vor, daß das Kanu dem Lande schon viel näher war, als der schwache Wind erwarten ließ, er bemühte sich, es einzuholen unö bemerkte bei genauerem Hinblicken einen nackten Arm, der über den Rand des Kanus ins Wasser hing und sich regelmäßig bewegte. Ein Indianer lag in dem Fahrzeug und trieb es, sich seiner Hand als Ruder bedienend, emsig nach dem Ufer. Wildtöter durchschaute sofort die Kriegslist: Als er mit seinem Gegner am Waldrand zu tun hatte, war ein anderer Mingo nach dem Kanu hinausgeschwommen und hatte sich seiner bemächtigt.

Wildtöters energischer Aufforderung aus dem Boot zu springen, wenn er nicht mit seiner Büchse Bekanntschaft machen wolle, kam er schnell nach und verschwand. Wildtöter befestigte das Boot und ruderte in Richtung auf das Kastell zu.

# Die »Große Schlange« wird erwartet

Judith und Hetty standen auf dem Landeplatz der Wasserburg und erwarteten ihn voller Angst, von Zeit zu Zeit hob die Aeltere das Schiffsfernrohr an die Augen und sah den herankommenden Kanus entgegen.

Wildtöter legte an der Burg an und band die drei Fahrzeuge sorgfältig fest, dann stieg er hinauf, um den beiden Mädchen, die nun seinem Schutz unterstanden, zu berichten.

Keins der Mädchen sprach ein Wort, als nun Wildtöter vor ihnen stand und sein Gesicht die schwere Sorge um die beiden Gefährten verriet. Endlich preßte Judith die bange Frage hervor: »Wo ist Vater?« »Er hat Unglück gehabt,« antwortete Wildtöter in seiner geraden und ruhigen Art, »er und Hurry sind in den Händen der Mingos, und der Himmel mag wissen, wie es ausgehen wird. Immerhin habe ich alle Kanus zusammen, und die Halunken müssen schwimmen oder Flöße bauen, wenn sie an uns heranwollen. Gegen Sonnenuntergang wird mein Freund Chingachgook zu uns stoßen, und dann, denke ich, halten wir die Burg, bis von der nächsten Garnison Hilfe kommt.«

»Darauf ist kein Verlaß, wir können die Burg alleine halten – aber was wird inzwischen aus meinem Vater und dem armen Hurry?«

Wildtöter berichtete ihnen kurz die Ereignisse der letzten Nacht, und die Mädchen hörten ohne sonderliche Bestürzung zu, sie waren in den Grenzwäldern aufgewachsen.

Wildtöter wandte sich plötzlich nach einer Truhe um, die ihm bei seinem ersten Rundgang durch das Haus schon aufgefallen war. Sie sah schon arg mitgenommen aus, war an den Ecken mit Stahlplatten beschlagen und besaß drei kunstvoll gearbeitete Schlösser. Ihr Gewicht war dem Aussehen entsprechend.

»Habt ihr den Kasten niemals offen gesehen, Judith?« fragte Wildtöter.

»Niemals. Vater hat ihn nie in meiner Gegenwart aufgemacht.«

»Aber in meiner!« warf Hetty ein, »Vater machte den Kasten öfter auf, wenn du nicht da warst. Doch es ist Vaters Geheimnis, und deshalb will ich auch nicht darüber sprechen.«

Judith war überrascht und bekümmert, faßte sich aber schnell und fragte Wildtöter weiter nach den Geschehnissen der letzten Nacht aus. Nur mit Zurückhaltung erzählte Wildtöter von seinem ersten so tapfer bestandenen Kampf mit dem Wilden, und brachte das Gespräch auf Chingachgook, von dessen Eintreffen er sich große Hilfe versprach.

»Wer ist dieser Chingachgook, und was will er hier?« fragte ihn Judith.

»Chingachgook ist vom Stamme der Mohikaner, er lebt aber bei den Delawaren, wie die meisten seines Stammes, der der weißen Übermacht schon lange erlegen ist. Sein Vater Unkas war einer der berühmtesten Krieger und Häuptlinge seines Volkes.«

»Es ist gut, wenn wir noch einen Mann zum Bundesgenossen haben, ich hoffe auch, daß uns die Wilden ihre Gefangenen zum Tausch anbieten, wenn sie merken, daß wir uns auf dem See halten können. Vielleicht nehmen sie Felle, oder das Fäßchen Pulver, das wir im Hause haben,« meinte Judith.

»Chingachgook und ich, wir müssen sehen, daß wir euren Vater bald freibekommen,« sagte Wildtöter, »und warum soll ich euch nicht erzählen, was wir vorhaben. Also Chingachgook – der Name bedeutet »Große Schlange« – hat eine Braut mit Namen »Wah-ta-Wah«, um die sich unter vielen anderen Freiern auch ein gewisser Briarthon vergeblich beworben hatte. Vor zwei Monaten, als das Mädchen mit seinen Eltern zum Salmenfang in den westlichen Strömen unterwegs war, verschwand es plötzlich spurlos. Vor einigen Tagen kam ein Bote mit der Nachricht, daß Wah-ta-Wah sich gefangen bei den Feinden befinde, um dort einem Mingo verheiratet zu werden, wobei der abgewiesene Nebenbuhler wahrscheinlich die Hand im Spiele hatte. Es hieß in jener Botschaft, der feindliche Stamm wolle hier in der Gegend einige Wochen jagen und Vorräte sammeln, um dann wieder nach Kanada zurückzukehren. Wir wollen also versuchen, das Mädchen jetzt frei zu bekommen.«

Nach diesem Gespräch ging Wildtöter daran, die Burg auf ihren Verteidigungszustand hin zu überprüfen. Ungeduldig sah er nach dem Stand der Sonne, und wünschte die Ankunft seines indianischen Freundes herbei.

Endlich war gegen Abend der Zeitpunkt der Zusammenkunft gekommen.

# Ein mißglückter Überfall

Hetty ging auf die Arche hinüber und band zwei von den Kanus zusammen, die sie durch die Einfahrt in den Palisaden ruderte und unter dem Haus an Ketten festmachte. Die Palisaden waren dicke Baumstämme, die fest in den Schlammgrund getrieben waren und die Fahrzeuge schützen sollten. In dieser Art von Dock waren die Boote der Sicht entzogen, und wenn die Durchfahrt gehörig verrammelt war, mochte es schwer sein, sie wegzubringen. Wildtöter verrammelte und verschloß indessen alle Fenster und Türen, und stieg durch eine Falltür in ein von Judith gerudertes Boot. Nachdem sie auch Hetty aufgenommen hatten, fuhren sie zum Durchlaß hinaus und versperrten ihn und ruderten zur Arche hinüber.

»Nichts rührt sich,« sagte Wildtöter zu Judith, als sich die Arche in Bewegung setzte, »aber natürlich werden sie ein Floß im Wald bauen und erst nachher aufs Wasser bringen. Jedenfalls ist jetzt noch nichts zu sehen. Wir werden ihnen, wenn sie uns schon vom Ufer aus verfolgen und etwa hinter uns hertrappen, ein Schnippchen schlagen. Ich werde diese Fähre auf alle mögliche Kurse legen, einmal hierhin und einmal dorthin fahren, bis sie müde Beine haben und es satt kriegen, hinter uns herzulaufen.«

Eine leichte Brise kam von Norden her, er hißte Segel und hielt mit dem schweren Fahrzeug einen Kurs, der sie ein paar Meilen unterhalb am Ostufer an Land bringen mußte.

»Müssen wir genau bei Sonnenuntergang den Felsen erreichen, oder macht es nichts aus, wenn wir ein paar Minuten früher oder später hinkommen?« fragte Judith.

»Das ist ja der Haken, Judith! Der Felsen ist wie eine Zielscheibe, und es geht nicht an, dort zu nahe oder zu lange zu warten. Ihr seht aber, daß ich gar nicht auf den Felsen zuhalte, sondern östlich davon, wohin jetzt auch die Wilden eilen werden.«

So verging die Zeit bis kurz vor Sonnenuntergang, und die Arche befand sich gerade in Höhe jener Landspitze, auf der Hutter und Hurry in Gefangenschaft geraten waren. Wildtöter kreuzte hier hin und her, um seine Absichten zu verhehlen. Er wollte die Wilden glauben machen, daß er an jener Landzunge mit ihnen zu verhandeln wünsche und sie verlocken, dorthin zu laufen. Das war geschickt ausgerechnet, denn die anschließende Bucht schob sich tief in das Land hinein, und die mächtige Krümmung des sumpfigen Ufers würde es der Arche erlauben, vor den Verfolgern auf dem Lande am Felsen zu sein, denn nun hatten diese einen großen Umweg zu machen, während die Arche direkt auf den Felsen zusteuern konnte. Um die Täuschung vollkommen zu machen, fuhr Wildtöter so nahe an das Ufer heran, als es die Vorsicht nur erlaubte, dann hieß er Judith und Hetty in die Kajüte gehen, duckte sich hinter die Brüstung des Fahrzeugs und schwenkte es plötzlich auf den entgegengesetzten Kurs herum, auf den Abfluß zu.

Zur rechten Zeit gelangte er in die Nähe des »Bienenkorbs« und warf in einiger Entfernung den Anker aus. Während Judith und Hetty den Strand und den Felsen beobachteten, ließ er das Heck der Fähre langsam am Ankerseil auf den Felsen zutreiben.

Lange Zeit spähten sie vergebens, dann rief plötzlich Judith: »Seht, da steht ein Indianer auf dem Felsen, bemalt und bewaffnet!«

»Wo trägt er seine Falkenfeder?« fragte Wildtöter zurück, der das Tau lockerte, um näher an den Felsen heranzukommen, »trägt er sie in der Skalplocke oder über dem linken Ohr?«

»Über dem linken Ohr! Er lächelt, und flüstert: Mohikaner!« »Also doch die Schlange!« rief der junge Mann, und gleich darauf hörte man einen leichten Sprung auf dem anderen Ende des Fahrzeugs und der Indianer eilte durch die Kajüte nach dem vorn stehenden Wildtöter.

Im nächsten Augenblick kreischten Judith und Hetty auf, und die Luft gellte von Kriegsgeheul: etwa zwanzig Wilde sprangen aus den Büschen auf die Sandbank hinunter, einige stürzten sich gleich ins Wasser.

»Ziehen! ziehen!« schrie Judith, »der ganze See ist «voll von Indianern, die hinter uns herwaten.«

Die beiden jungen Männer, denen der Ruf galt, wußten, was auf dem Spiele stand, und unter Anspannung aller Kräfte gelang es ihnen, das schwerfällige Fahrzeug wieder in Bewegung zu bringen. Die Arche kam in Fahrt, und ein Freudenschrei Judiths zeigte ihnen, daß die Verfolger, die schon fast die Arche erreicht hatten, abgeschlagen waren.

»Sie sind weg!« rief sie, »der Letzte drückt sich gerade wieder in die Uferbüsche! Wir sind durchgekommen!«

Noch einmal legten sich die Beiden ins Zeug, um den Anker zu erreichen, und ließen dann die Arche soweit treiben, bis sie in gehöriger Entfernung vom Ufer waren und auch Gewehrschüsse nicht mehr zu fürchten brauchten.

Chingachgook, von großer, schlanker Gestalt und adeliger Haltung, prüfte zuerst seine Flinte, ob ihm das Zündkraut auch nicht naß geworden war, dann ging er daran, die sonderbare Behausung und die beiden Mädchen höchst aufmerksam zu betrachten. Fragen zu stellen, hielt er unter seiner Würde.

Wildtöter stellte seinen Freund den beiden Mädchen vor. »Judith und Hetty, das ist Chingachgook, der Mohikanerhäuptling, er ist der beste Freund, den ich habe. Ich wußte gleich, daß er es sein müsse, wegen der Falkenfeder über dem linken Ohr.«

Chingachgook verstand zwar das Englische, drückte sich aber wie die meisten seiner Stammesgenossen nur ungern in dieser Sprache aus. Nachdem er Judith und Hettys freundlichen Gruß höflich und mit der Würde eines Häuptlings erwidert hatte, wandte er sich ab und schwieg. Er wartete, bis es seinem Freunde gefallen würde, von dem Geschehenen und den weiteren Plänen Mitteilung zu machen. Der andere verstand seine Absicht und bat die beiden Mädchen, das Abendessen zu bereiten. Während sich Judith und Hetty in die Kajüte zurückzogen, setzten sich die beiden jungen Männer in den Bug des Fahrzeugs und unterhielten sich in der Delawarensprache über die Lage.

Chingachgook erzählte, was ihm selbst seit ihrer Trennung begegnet war. Eine halbe Meile südlich war er am Susquehannah auf die Fährte des Feindes gestoßen. Mit aller Vorsicht erreichte er den Ausfluß des Flusses aus dem See und den Felsen, wobei er wieder eine Spur fand, und streifte nun stundenlang in der Nähe des Feindes umher, immer in der Hoffnung, seiner Wah-ta-Wah zu begegnen, oder einen Skalp erbeuten zu können. Er hatte auch die Arche gesehen und aus ihren vorsichtigen Manövern geschlossen, daß sich

Weiße an Bord befinden mußten. Er war ebenso wie sein Freund von der Stärke des Feindes überrascht, der in der Nähe der Stelle, wo Hutter und Hurry gefangengenommen wurden, an einer Quelle sein Standlager hatte.

»Gut, Schlange,« sagte Wildtöter, als der Indianer seine Erzählung beendet hatte, »weißt du nichts von den beiden Gefangenen?«

»Chingachgook hat sie gesehen, ein alter Mann und ein junger Krieger.«

»Waren die Männer gefesselt oder gar schon auf dem Wege zum Marterpfahl? Ich frage wegen der Mädchen.«

»Nichts von dem. Die Mingos sind so zahlreich, sie brauchen ihr Wild nicht in den Käfig zu sperren. Einige wachen, andere schlafen, andere sind auf Kundschaft und wieder andere auf Jagd. Die Bleichgesichter werden heute noch wie Brüder behandelt, morgen verlieren sie ihre Skalpe.«

»Ja, so sind die Roten! Das ist ihre Natur. Judith! Hetty! Kommt heraus, da sind tröstliche Nachrichten für euch! Euer Vater und Hurry haben nichts zu leiden, sie dürfen frei im Lager herumgehen.«

»Das höre ich mit Freuden, Wildtöter,« gab Judith Zurück, »nachdem euer Freund nun da ist, wird sich gewiß auch ein Weg finden, die Gefangenen auszulösen. Wenn sie ihre Weiber im Lager haben, will ich sie schon mit ein paar schönen Kleidern bezaubern, zur Not können wir immer noch die Truhe öffnen.«

»Wieviel Frauen sind im Lager der Mingos?« fragte Wildtöter seinen Freund, »hast du Wah-ta-Wah gesehen?«

»Sechs!« antwortete dieser, und hob alle Finger der einen Hand und den Daumen der anderen Hand auf, »aber das Gebüsch war zu dicht, um Wah-ta-Wah zu sehen. Ich habe sie lachen hören, es klang wie das Zwitschern des Zaunkönigs.«

Es war inzwischen ganz dunkel geworden. Wildtöter lichtete den Anker und alsbald trieb die Arche gemächlich see-einwärts. Sie machten gut zwei Meilen Fahrt in der Stunde und konnten das Rudern sparen, so setzten sie sich auf dem Heck des Fahrzeugs nieder: Wildtöter, der das Steuer in Händen hielt, Judith und der Delawarenhäuptling. So verging eine halbe Stunde, ringsumher wurde es finster und finsterer.

»Habt ihr nichts gehört, Wildtöter?« fragte Judith plötzlich. »Es war mir, als rauschte es im Wasser, ganz in unserer Nähe.«

Im gleichen Augenblick beugte sich der Delaware vor und zeigte in das Dunkel, als sähe er etwas. Nun erkannten auch Wildtöter und Judith ein Kanu und darin einen aufrecht stehenden Ruderer. Die beiden Männer hoben ihre Büchsen und Wildtöter rief den Ruderer an.

»Schießt nicht, ihr bringt ein armes wehrloses Mädchen um! Geht eurer Wege, Wildtöter, und laßt mich die meinen gehen!« Es war Hettys sanfte Stimme.

»Hetty!« schrien Judith und Wildtöter in einem Atem, und Wildtöter stellte fest, daß das an der Arche befestigte Kanu fehlte. In aller Eile wurde das Segel heruntergeholt, um nicht an dem Boot vorbeizutreiben, aber es war schon zu spät, ihr Boot verschwand immer mehr in der Dunkelheit.

»Was soll das heißen, Judith?« fragte Wildtöter.

»Sie ist schwachsinnig, das wißt ihr ja. Sie wird sich einen sonderbaren Plan ausgedacht haben, ihren Vater zu befreien, an dem sie mehr als andere Kinder hängt.«

»Und wird damit den Mingos ein Boot in die Hand spielen. Das müssen wir verhindern!«

Die Männer faßten nach den Rudern und drehten das schwere Fahrzeug herum, daß es mit dem Bug in die Richtung zeigte, in der Hetty verschwunden war, und Judith lehnte sich weit über Bord, um zu lauschen. Wildtöter und sein Gefährte, die wußten, um was es ging, legten sich mit aller Gewalt in die Ruder, während Hetty in ihrer Angst wie gelähmt war und nicht recht vorwärts kam. Die Jagd hätte bald mit der Einholung der Entwichenen geendet, wenn nicht das Mädchen ein paarmal mit kurzen Wendungen, die keiner voraussehen konnte, den Kurs geändert hätte. Damit gewann sie Zeit, die beiden Fahrzeuge gerieten immer tiefer in den dunklen Schatten unter den Bergen, ihr Abstand vergrößerte sich immer mehr, und Judith hieß ihre Freunde das Rudern einstellen, sie hatte das Boot aus den Augen verloren.

Wildtöter steuerte die Arche langsam auf die Landspitze zu, dort lagen sie wohl eine Stunde im tiefen Dunkel und warteten auf Hetty. Sie dachten, das Mädchen würde ebenfalls diese Stelle der Küste zu erreichen trachten. Aber auch das war umsonst, es war nichts mehr zu hören und zu sehen, und enttäuscht nahm Wildtöter wieder Kurs auf das Kastell.

Hetty war ruhig in ihrem Boot geblieben, bis die Arche in die Nähe der Küste gelangt war. Dann ruderte sie gut eine Meile oberhalb des Abflusses auf die Küste zu und ging gerade an der Spitze der Halbinsel an Land. Sie wußte ganz genau, daß ihr Boot nicht den Wilden in die Hände fallen durfte, im Vertrauen darauf, daß es schon auf die Biberburg zusteuern würde, oder daß Wildtöter es am anderen Morgen wiederfinden würde, stieß sie es ins Wasser.

Im gleichen Augenblick hörte sie vom Wasser her näherkommende Stimmen. Immer noch in der Meinung, Hetty den Weg verlegen zu können, war Wilötöter mit der Arche nahe ans Ufer herangekommen. Er gewahrte dabei das treibende Kanu, und es gelang ihnen, das Boot zu erreichen und an der Arche festzumachen.

»Hetty! Schwester!« rief Judith mit bewegter Stimme, »wenn du mich hören kannst, gib mir Antwort, um Gottes willen. Laß mich deine Stimme hören!«

»Ich bin hier, Judith, hier auf dem Land! Aber verfolgt mich nicht, sonst laufe ich in den Wald!«

»Hetty, was tust du? Weißt du nicht, daß im Wald Indianer sind und wilde Tiere?«

»Die werden sich an einem armen schwachen Geschöpf nicht vergreifen! Gott schützt mich hier wie auf der Arche. Ich muß meinem Vater und dem armen Hurry helfen! Sie werden gemartert und totgeschlagen, wenn ihnen niemand beisteht. Ich weiß, was ich dem Häuptling sagen muß.«

Gleich darauf raschelte es im Laub, Hetty hatte das Ufer verlassen und war im Walde untergetaucht.

Es wäre sinnlos gewesen, ihr nachzueilen, denn Finsternis und Dickicht schützten sie vor den Verfolgern. So hißten sie auf der Arche wieder das Segel und erreichten in kaum einer Stunde die Wasserburg.

Judith suchte ihr Lager auf und weinte sich in den Schlaf. Wildtö-ter und der Delaware legten sich in der Arche zur Ruhe nieder.

# Hettys Befreiungsversuch

Hetty hatte sich, ohne zu zaudern, waldeinwärts geschlagen. Bald kam sie nicht mehr recht vorwärts, und wußte nicht mehr die Richtung. Erschöpft machte sie sich aus Laub eine Ruhestatt und schlief getrost ein, als läge sie unter ihres Vaters Dache.

Am anderen Morgen – der Tag graute gerade erst über den Bäumen – war ihr plötzlich, als berühre ihre Hand etwas Warmes und sie fühlte sich in die Seite gestoßen. Sie schrie den Namen ihrer Schwester und fuhr erschreckt empor. Ein kleiner brauner Bär sprang von ihr fort und blieb in einiger Entfernung stehen, er hatte offenbar Zweifel, ob er sich noch einmal heranwagen dürfe. Hetty, die schon öfter junge Baren aufgezogen hatte, wollte ihn einfangen, aber ein lautes Brummen zeigte ihr, daß die alte Bärin, die in einem hohlen Baum mit noch zwei anderen Jungen Honig schmauste, jede ihrer Bewegungen beobachtete. Jetzt kam sie, höchst verdrossen brummend, heran, und wiegte sich hin und her. Zum Glück lief Hetty nicht davon, sie kniete nieder und sprach ihr Gebet, wie sie es jeden Morgen hielt, und die Bärin ließ sich ganz friedlich wieder auf alle Viere nieder und sammelte ihre Jungen um sich. Mit Entzücken sah Hetty dem Spiel der kleinen Bären zu, als sie von der Mutter genährt wurden, und zu gern hätte sie eins davon auf den Arm genommen. Dann ging sie langsam davon, am Ufer des Sees entlang, der durch die Bäume blinkte, und zu ihrer Überraschung machte sich die Bärenfamilie nun gleichfalls auf und trollte ihr nach, immer in einem gewissen Abstand, und offenbar mit Anteilnahme an allem, was sie tat.

An einem Bach, der unter Laub und Wurzeln brausend in den See sprang, wusch sich Hetty und trank von dem klaren Bergwasser. Erfrischt setzte sie ihren Weg fort, immer noch gefolgt von den seltsamen Gefährten. An einer leichten Anhöhe, die nicht weit vom Lager sein konnte, hob die Bärin die Nase und schnupperte, als wittere sie die Nähe von Menschen. Sie zeigte auch keine Lust, weiterzugehen, obwohl Hetty sie lockte und rief. Plötzlich legte sich eine Hand sanft auf Hettys Schulter.

»Wohin gehen?« fragte eine Mädchenstimme, »da unten wilde Indianer, böse Krieger!«

Es war ein Indianermädchen, kaum älter als Hetty, das freundlich, lächelnd und mit zarter singender Stimme auf sie einsprach.

Diese unerwartete Ansprache erschreckte Hetty nicht, das junge Mädchen, das so plötzlich vor ihr stand, war auch keineswegs geeignet, Schrecken einzuflößen. Ihr Haar war dicht und dunkel und fiel in schweren Flechten über die Schulter, in dem zarten, schönen Antlitz lag ein leichter Zug von Schwermut, und ihre Stimme war wie das Seufzen des Nachtwinds. Es war Wah-ta-Wah, die Braut Chingachgooks.

Sie gab sich zu erkennen und führte Hetty dem See zu, dort setzten sie sich nebeneinander auf einen Baumstamm. Hetty berichtete in ihrer treuherzigen Art, daß sie gekommen sei, um ihrem Vater zu helfen. Das Indianermädchen faßte schnell Zutrauen zu Hetty und erzählte, daß sie auf Chingachgook warte, der sie aus den Händen der Mingos befreien wolle, und Freude leuchtete auf ihrem schönen Gesicht, als ihr Hetty von der Ankunft Chingachgooks auf der Arche berichtete.

So plauderten die neuen Freundinnen noch eine Weile zusammen, Wah-ta-Wah unermüdlich mit immer neuen Fragen, die Hetty in ihrer einfältigen Art beantwortete. Als Hetty erzählte, daß man sie zu Hause für schwachsinnig halte, fühlte sie Mitleid und Ehrfurcht in einem, und indem sie rasch aufstand, bat sie Hetty, sie in das nicht weit entfernte Lager zu begleiten. Dieser plötzliche Uebergang von der bisherigen Vorsicht, Hetty vor den Wilden zu verbergen, zu ihrem Entschluß, das fremde Mädchen ganz offen zu dem Lager zu führen, entsprang der Überzeugung, daß ihr kein Indianer ein Leid antun würde in ihrer Einfältigkeit.

Als die beiden Mädchen in den Bereich des Lagers traten, stieß Hetty beim Anblick ihres Vaters einen leisen Schrei aus. Er saß, mit dem Rücken an einen Baum gelehnt, im Grase, und Hurry stand neben ihm, gedankenlos an einem Zweig herumschnitzend. Dem Anschein nach waren sie genau so frei wie jeder andere im Lager, man hätte sie allenfalls für Gäste, nicht für Gefangene halten können. Wah-tah-Wah führte ihre neue Freundin zu ihnen und ließ sie allein.

Hettys Vater zeigte keine Spur von Überraschung oder Besorgnis, als sie plötzlich neben ihm stand, er blieb kalt und beherrscht wie ein Indianer. Er wußte ganz genau, daß er ihnen nur mit Unerschütterlichkeit Achtung abgewinnen konnte. Auch die Rothäute ließen sich nicht die geringste Erregung anmerken.

»Du hättest nicht hierher kommen sollen, Hetty, du wirst Übles erfahren bei diesen Wilden«, meinte der trotz seiner scheinbaren Gleichgültigkeit von seines Kindes aufopfernder Treue gerührte Vater.

»Ich hoffe, Vater, ihr habt euch keine Grausamkeiten gegen die Indianer zuschulden kommen lassen, und keine Skalpe von ihnen erbeutet, ehe sie euch gefangen nahmen. Dann kann ich offen mit ihnen sprechen«, erwiderte Hetty. »Sobald alles abgemacht ist, und es euch freisteht, zurückzukehren, will ich euch benachrichtigen.«

Als Hetty nicht lange danach zu den Häuptlingen trat, wurde sie mit würdevollem Schweigen empfangen. Ein älterer Krieger bedeutete ihr, auf einem umgefallenen Baumstamm Platz zu nehmen, und vor den versammelten Kriegern begann Hetty, den Zweck ihres Besuches zu erklären. Wah-ta-Wah wurde als Dolmetscherin hinzugeholt. Die Indianer hörten schweigend zu, als ihnen Hetty durch den Mund Wah-ta-Wahs auseinanderzusetzen versuchte, daß Hutter und Hurry nur wegen der ausgesetzten Geldprämien viel Skalpe machen wollten, und folgten wie gebannt ihren Bewegungen, als sie eine kleine englische Bibel hervorholte und mit steigendem Eifer und mit brennenden Wangen ihnen alles vorlas, was von den Geboten der Christenmenschen darin geschrieben steht. Doch Hetty hatte sich in der Wirkung ihrer Worte auf die Indianer getäuscht. Diese, die oft genug erfahren hatten, wie sich das Tun der weißen Männer nicht mit den Vorschriften der Bibel vereinbaren ließ, und die eine erwiesene Wohltat nach den religiösen Gesetzen ihres Stammes wohl nie vergaßen, ebensowenig aber eine angetane Beleidigung verzeihen konnten, schrieben das, was ihnen an Hettys Worten töricht vorkommen mußte, ihrer Geistesschwäche zu.

Der Häuptling hatte inzwischen Hutter heranbringen lassen und fragte nun ihn, warum er in das Lager gekommen sei. Hutter wußte, daß mit Ausflüchten nicht viel gewonnen sei, war auch viel zu halsstarrig, um vor den Folgen seiner Handlungsweise zurückzuschrecken. Er erklärte deshalb ohne Umschweife, daß er Skalpe erbeuten wollte, auf die hohe Preise ausgesetzt seien. Die Indianer nahmen dies Bekenntnis mit Beifall auf, es zeigte ihnen, daß sie einen Gegner gefangen hatten, der ihre Rache wert war. Auch Hurry sah ein, daß es keinen Zweck haben würde, um die Dinge herumzureden, und gestand die reine Wahrheit. Die Häuptlinge wußten jetzt genug und entfernten sich, nicht ohne scharf darauf zu achten, daß sich die Gefangenen nicht etwa der herumhängenden Waffen bemächtigen konnten.

# Der Schatz aus der Truhe

Noch bevor sich die Sonne über den östlichen Hügeln zeigte, waren auch die Bewohner der Wasserburg munter. Wildtöter gab Chingachgook ein Bündel Kleider des alten Hutter, und gab ihm den Rat, seinen Kriegsschmuck und seine Indianerkleider abzulegen, um nicht aufzufallen. Chingachgook betrachtete die Kleidungsstücke mit äußerstem Mißvergnügen, mußte aber zugeben, daß es nicht unangebracht war, sich derart zu vermummen. Wenn die Irokesen herausbrachten, daß eine Rothaut bei den Leuten auf der Biberburg war, konnten sie das leicht in Zusammenhang mit ihrer Gefangenen bringen und würden Wah-tah-Wah sofort scharfer bewachen lassen.

Beim Morgenimbiß trafen sie mit Judith zusammen. »Wildtöter«, sagte sie, »es wäre gräßlich, wenn Vater und Hurry etwas zustieße. Ich weiß kein anderes Mittel sie zu befreien als Bestechung. Die Irokesen sind für Geschenke zu haben, und ich glaube in der Truhe ist genug, was wir ihnen anbieten können.« Sie machten sich auf die Suche nach den Schlüsseln, die ebensogut verwahrt schienen wie das von Hutter vor Judith ängstlich gehütete Geheimnis um den Inhalt der Truhe. In einer Tasche, die Hetty gehörte, fanden sie ihn schließlich. Schnell gingen sie ans Werk, öffneten die Kiste und legten die oben auf liegende Leinwand beiseite. Das erste, was zum Vorschein kam, waren farbenprächtige und reich verzierte Männerkleider, wohl geeignet, mit ihrem Flitter und ihrem Glanz einen Indianer zu entzücken. Dann fanden sie eine Anzahl stattlicher Frauenkleider. Eine weitere Leinendecke verbarg zunächst den Rest. Wildtöter hob die Decke hinweg und fand ein paar Pistolen von seltsamer Arbeit, kunstvoll mit Silber eingelegt und, in ein Tuch eingewickelt, ein nautisches Gerät, wie es von Seeleuten gebraucht wird. Die größte Überraschung aber bereitete ihnen ein kleiner Beutel, der einen Satz Schachfiguren aus Elfenbein enthielt. Sie waren größer als gewöhnlich und von köstlicher Arbeit. Die Springer saßen auf Pferden, die Türme standen auf Elefanten, und selbst die Bauern hatten Köpfe und Menschenleiber. Chingachgook riß entzückt die Augen auf und vergaß ganz seine indianische Würde. Er kicherte vor Vergnügen, nahm jede Figur in die Hand und wurde nicht müde, sie immer wieder von allen Seiten mit vernehmlicher

Genugtuung zu betrachten, insbesondere die Elefanten versetzten ihn wahrhaft in Wonne.

Mit diesem Fund war die Frage des Lösegelds für die Gefangenen schnell entschieden. Alle drei stimmten in der Ansicht überein, daß nichts die Indianer mehr reizen könne als die Elefanten. Sie legten das übrige Gut wieder in die Kiste zurück und schlossen sie ab.

Über alledem war mehr als eine Stunde vergangen, Chingachgook weidete sich immer noch an dem Anblick der vier Elefanten, während Wildtöter mit Judith die nächsten Schritte beratschlagte. Plötzlich wurde ihre Unterhaltung durch den Eintritt Hettys unterbrochen. In ihrer Begleitung befand sich ein fünfzehnjähriger Indianerjunge.

Wildtöter rief seinem Freund auf Delawarisch zu, sich versteckt zu halten und sprang vor die Türe, um sich Gewißheit zu verschaffen, ob die Beiden allein gekommen waren. Neben der Arche lag ein aus zwei Fichtenstämmen zusammengebundenes Floß, mit dem Hetty und der Indianer über das Wasser gekommen sein mußten.

»Das kommt davon, wenn man in anderer Leute Kisten herumkramt«, knurrte Wildtöter, »hätten wir lieber aufgepaßt und die Augen offen behalten!« Hetty berichtete schon über ihr Abenteuer, als Wildtöter wieder in das Gemach trat, während der junge Indianer noch immer unbeweglich an der Tür stand und an nichts Anteil zu nehmen schien.

»Haben die Kerle«, fragte Wildtöter, als Hetty ihre Erzählung beendet hatte, »das Floß erst heute morgen gemacht oder war es schon fertig?« »Es war schon lange fertig und lag auf dem Wasser – ist das nicht ein Wunder, Judith?« erwiderte die Gefragte.

»Selbstverständlich, ein Indianerwunder«, bemerkte Wildtöter mit leichtem Spott, »sie kennen sich aus mit solcher Art von Wundern! Ich begreife vollständig, was gespielt wird. Aber erst wollen wir uns mal diesen jungen Burschen vom Halse schaffen, laßt mich allein mit ihm und gebt mir die Elefanten.«

Die Schwestern verließen das Gemach und Wildtöter, der alle Mundarten der Gegend beherrschte, begann sich mit der Rothaut in dessen Sprache zu unterhalten. Er winkte den Jungen an sich heran und stellte plötzlich zwei von den Türmen hin. Bis zu diesem Augenblick hatte der Wilde keine Miene verzogen, wenn Wildtöter auch nicht entgangen war, daß er mit seinen Augen die Waffen und Verteidigungsmöglichkeiten der Wasserburg auszuspähen versuchte, jetzt aber ward die Überraschung und das Entzücken über seine gewohnte Zurückhaltung Herr. Er schrie laut auf und brachte seine Augen nicht mehr weg von den Elefanten! Wildtöter ließ ihn lange gewähren, er wußte, daß der Junge sich die Wunderdinger ganz genau einprägen würde, um sie seinen Häuptlingen genau beschreiben zu können. Dann bedeutete ihm Wildtöter, daß er mit ihm reden wolle.

»Hör zu, zwei weiße Gefangene sind in eurem Lager!« Der junge Bursche nickte nur, dann lachte er frohlockend auf, als freue er sich über die bewiesene Heldentat seines Stammes. »Kannst du mir sagen, was deine Häuptlinge mit den Gefangenen vorhaben?«

Der Junge sah mit einiger Verwunderung auf, dann setzte er die Spitze seines Zeigefingers an seinen Kopf, und fuhr sich rund um den Schädel, mit einer solchen Sicherheit, daß an seiner Übung in der besonderen Kunstfertigkeit seiner Rasse nicht gezweifelt werden konnte. »Skalpe verkaufen – viel Gold!«

»Das ist das Übel – hüben wie drüben«, murmelte der Jäger vor sich hin, und wandte sich wieder an den Indianer: »Der ältere von den Gefangenen ist der Vater der beiden Mädchen hier, und der andere ist der Freier des älteren Mädchens. Die beiden Mädchen wollen natürlich die Skalpe der beiden Männer retten, und sie wollen zwei von diesen Elefanten dafür geben, für jeden einen. Geh zurück und erzähle das deinen Leuten, und bevor die Sonne niedergegangen ist, kehre zurück mit deiner Antwort!« Und der Junge ging freudig auf diesen Vorschlag ein.

Hetty hatte inzwischen den Delawaren in seinem Versteck aufgespürt und erzählte ihm von ihrem Zusammentreffen mit Wa-ta-Wah. Sie gab dem jungen Krieger eine genaue Beschreibung des Lagers, und warnte ihn, den falschen Irokesen zu trauen. Eine Stunde nach Sonnenuntergang, berichtete sie weiter, wenn ein glänzender Stern über den Hügel komme, werde Wa-ta-Wah ihn an derselben Stelle erwarten, an der sie an Land gegangen sei. Sie fügte auch hinzu, daß man im Lager einen Indianer auf der Arche vermute, wenngleich noch niemand wüßte, daß es Chingachgook sei.

Nach diesen Mitteilungen legte der Delaware mit sichtlicher Erleichterung seine Verkleidung wieder ab und stand als bemalter Krieger vor Wildtöter, der am Rand der Plattform saß und seinen Freund zu sich gerufen hatte. »Wir wissen jetzt«, erklärte dieser, »daß die Halunken auch Flöße zu bauen verstehen, und vielleicht können sie uns damit in großer Zahl auf den Hals kommen. Ich halte es für ratsam, sämtliche Lebensmittel des alten Hutter auf die Fähre zu bringen und die Burg zu verschließen. Mit der Arche können wir uns tagelang halten, wenn wir ständig den Platz wechseln.«

Chingachgook stimmte diesem Plan zu, denn – zerschlugen sich die Verhandlungen – war mit einem Angriff noch in der nächsten Nacht zu rechnen, und bei der zahlenmäßigen Überlegenheit waren die Aussichten für ein Bestehen doch sehr gering. Zu viert gingen sie gleich daran, ihren Plan auszuführen, und Betten, Kleiderbündel, Waffen und Schießzeug, etwas Küchengerät und die geheimnisvolle Truhe wurden schnell verladen. Sie waren kaum fertig, als sie das Floß von der Küste drüben abfahren sahen, und Wildtöter stellte durch das Fernglas fest, daß zwei Krieger darauf saßen. Offenbar waren sie unbewaffnet. Da das Floß nur langsam vorwärts kam, hatten sie Zeit genug, sich auf den Besuch vorzubereiten.

Chingachgook und die beiden Mädchen zogen sich in das Innere des Hauses zurück, wo sich der Indianer bei der Tür aufstellte und die Büchsen bereithielt, während Judith durch eine Schießscharte beobachtete. Wildtöter saß draußen auf der Plattform auf einem Stuhl, das Gewehr nachlässig zwischen die Knie gestellt.

»Seid ihr Häuptlinge?« fragte Wildtöter mit Würde, »oder haben mir die Mingos Krieger ohne Namen geschickt? Dann könnt ihr gleich wieder umkehren, damit ein Mann komme, mit dem ein Krieger unterhandeln kann.«

»Hugh!« rief der ältere der beiden Floßfahrer und rollte mit den Augen, »mein Bruder ist sehr stolz, aber »Spalt-Eiche« ist ein Name, der einen Delawaren erblassen macht!«

»Das kann wahr oder auch gelogen sein! Was ist eure Absicht? Warum kommt ihr mit einem Floß?«

»Die Irokesen sind keine Enten, daß sie übers Wasser laufen können, sie werden mit einem Kanu kommen, wenn die Bleichgesichter ihnen ein Kanu geben würden.«

»Unsere Kanus brauchen wir selbst. Doch seid auch willkommen auf euren Baumstämmen!«

»Wir danken dir, junger Krieger. Hat mein Bruder einen Namen? Wie sollen ihn die Häuptlinge anreden?«

»Ich habe schon verschiedene Namen geführt, aber einer von euren Kriegern, dessen Geist gestern zu den glücklichen Jagdgründen eures Volkes aufgebrochen ist, hat mich Falkenauge genannt, weil meine Augen schneller waren als die seinen, als es um Leben und Tod zwischen uns beiden ging.«

Die Erwähnung dieser Tat machte auf den Mingo einen großen Eindruck, und während das Floß langsam an die Plattform herantrieb, besprach er sich mit seinem Begleiter.

»Mein Bruder Falkenauge«, gab Spalt-Eiche zurück, »hat eine Botschaft gesandt, daß er Bilder von Tieren mit zwei Schwänzen hat. Will er sie seinen Freunden zeigen?«

»Seinen Feinden wäre wohl richtiger«, knurrte Wildtöter, und warf den auf dem Floß Stehenden eine Figur zu, »auf Treu und Glauben! Wenn ich es nicht zurückerhalte, wird mein Schießeisen sprechen!« Die Figur wurde geschickt aufgefangen und abermals gewannen Erstaunen und Entzücken über die wunderbare Schnitzarbeit die Oberhand über indianischen Gleichmut. Je länger sie studierten, desto größer wurde ihre Aufregung. Die Kinder des Urwaldes hielten den Turm auf dem Rücken des Elefanten nicht etwa für einen Teil dieses ihnen unbekannten Tieres, sie vermuteten, es sei stark genug, ganze Festungen auf seinem Rücken zu tragen, und das war etwas Unerhörtes.

»Hat mein Bruder Falkenauge noch mehr von solchen Tieren?« fragte der Ältere in bittendem Ton.

»Es sind noch mehr da, aber eins genügt, um fünfzig Skalpe dafür zu kaufen«, entgegnete Wildtöter gelassen. »Ein Tier mit zwei Schwänzen ist gewiß die beiden Skalpe eurer Gefangenen wert!«

Spalt-Eiche hatte seine Fassung wiedergewonnen und sann auf alle möglichen Schliche und Kniffe, um bei diesem Handel herauszuschlagen, was nur möglich war. Aber Wildtöter wußte ganz genau, daß die geschnitzten Elfenbeinfiguren in den Augen der Mingos ebensoviel Wert hatten wie einen Beutel voll Gold oder ein Ballen Biberfelle, und wollte daher nur das Geringste zugestehen.

»Warum sollen Spalt-Eiche und Falkenauge eine Wolke zwischen sich kommen lassen? Sie sind beide klug, tapfer und großmütig, sie sollen als Freunde scheiden. Ein Tier soll der Preis für einen Gefangenen sein!«

»Gut gesprochen!« sagte Wildtöter, der froh war, daß der Handel wieder in Gang kam, »du sollst sehen, daß sich ein Bleichgesicht nicht lumpen läßt. Behalte das Tier, das du vorhin vergessen hast mir zurückzugeben, als ihr euch entfernen wolltet, und zeig es deinen Häuptlingen. Bringst du unsere Freunde zurück, so sollen noch zwei andere dazukommen – und wenn wir sie schon vor Sonnenuntergang hier haben, vielleicht noch ein viertes, um die Zahl voll zu machen.«

Mit sichtbarer Freude vernahmen die beiden Krieger das unerwartete Anerbieten, und nachdem sie die Bedingungen vollkommen angenommen hatten, kehrten sie mit dem Floß nach dem Ufer zurück.

»Kann man sich denn auf diese Tagediebe verlassen?« fragte Judith, »werden sie nicht behalten, was sie in Händen haben und uns nachher blutige Beweise schicken, wie schlau sie uns zu überlisten wußten?«

»Gewiß, Judith, sie sind hinterhältig durch und durch, aber wenn ich die Art der Rothäute nur halbwegs kenne, muß ich glauben, daß diese Tiere mit den beiden Schwänzen den ganzen Stamm in helle Aufregung versetzen werden, und sie werden nicht eher Ruhe geben, bis sie die anderen auch erhalten.«

Stunde um Stunde verging, ohne daß man ein Zeichen der Rückkehr des Floßes vernehmen konnte. Die Sonne begann sich schon den westlichen Hügeln zuzuneigen, als Wildtöter mit dem Fernrohr eine Anzahl Indianer am Waldrand bemerkte, und nicht lange, sah man sie ein Floß aus dem Dickicht hervorholen. Durch das Glas erkannten sie Hutter und Hurry, die auf dem Boden des Floßes gefesselt lagen.

Zwar waren die Bedingungen der Übergabe klar, doch gab es noch einige Schwierigkeiten. Die Irokesen mußten großes Vertrauen in die Ehrlichkeit und Aufrichtigkeit Wildtöters setzen, denn waren die Gefangenen frei, standen ihnen plötzlich vier Gegner gegenüber, und eine Flucht wäre den Indianern unmöglich gewesen.

»Mein Bruder Falkenauge weiß, daß er allein es ist, dem ich Vertrauen schenke«, sagte der Indianer, als er Hutters Beine entfesselte, damit der alte Mann die Plattform hinaufsteigen konnte. Wildtöter half ihm vollends hinauf und hieß ihn in seiner Behausung willkommen. Gleichzeitig übergab er dem Indianer das Lösegeld. Hurry, der nur schwer wieder auf seine Beine kommen konnte, nachdem ihm ebenfals die Fesseln gelöst waren, mußte sich zunächst einigen Spott gefallen lassen, und erst ordentlich umherstampfen mit seinen mächtigen Gliedern, um sein stockendes Blut wieder in Wallung zu bringen. Wildtöter, der vorher alle Waffen ins Haus hatte schaffen lassen, gab den Unterhändlern den Rat, so schnell wie möglich zu verschwinden, und sie ruderten eifrig davon. Als Hurry auch endlich seine Arme frei hatte, fiel sein Blick auf das indianische Floß, das dem Bereich seiner Rache immer mehr entkam. Er wollte Wildtöters Büchse greifen, aber der Jäger war schneller und entwand ihm das Gewehr. Da die anderen Waffen versteckt waren, setzte er sich wie Hutter verdrossen auf einen Stuhl und beschränkte sich auf furchtbare Verwünschungen gegen die Wilden.

Wildtöter machte den alten Hutter mit seinen Plänen bekannt, dieser war mit den Maßnahmen einverstanden und äußerte auch keinen Unwillen, als er von der Durchsuchung der Truhe nach dem Lösegeld erfuhr.

»Ich möchte nur wissen, ob jetzt Krieg oder Frieden ist zwischen den roten Halunken und uns?« fragte Hurry, während sie beim Abendessen saßen und ihre Erfahrungen austauschten, wobei die beiden Gefangenen immer wieder auf Rache sannen.

»Das ist die Antwort, Natty!« sagte Wildtöter, der eben vor die Tür getreten war und mit einem Bündel zurückkehrte, das aus einem Dutzend in Blut getauchter Stecken bestand, die mit einem Riemen aus Wildleder zusammengehalten wurden.

»Mit solch verbundenen Blutstäben wird auf gut indianisch der Krieg erklärt! Wo bringst du das Zeug her, Wildtöter?«

»Ich hörte vorhin ein Rauschen auf dem See, und ging hinaus, da lag auch schon der Segen vor meinen Füßen, und der indianische Bote ruderte auf seinen zwei Baumstämmen eilig davon.«

»Der Schuft soll seinen Botenlohn haben, und ich seinen Skalp!« rief Hurry wütend aus und nahm die Büchse von der Wand. Aber Wildtöter vertrat ihm den Weg ins Freie. »Nicht, solange ich dabei bin, Hurry, eine gegebene Versprechung muß man halten, sei es gegen einen Roten oder einen Weißen. Der junge Indianer kam mit einem brennenden Holzspan, und niemand darf ihn bei solchem Auftrag verletzen. Der Bursche war auch schlau genug, den Span jetzt auszulöschen, und die Nacht ist zu dunkel, um sicher schießen zu können.«

»So verfolg ich den Schlingel mit meinem Kanu!« schrie Hurry, auf den Boden stampfend. Aber Wildtöter wich nicht von der Tür. »Der Knabe kam in einem rechtlichen Geschäft, selbst die blutgierigste Rothaut würde sich schämen, einen solchen Sendboten zu verletzen.«

Wer weiß, was aus dem Streit noch entstanden wäre, wenn nicht Hetty den Arm Hurrys genommen und ihn mit sanfter Stimme angefleht hätte, nichts zu unternehmen.

# Wah-ta-Wah wird befreit

Hutter ging mit dem Riesen in die Arche, wo sie lange in geheimer Unterredung beisammen saßen. Endlich erschien der alte Tom wieder auf der Plattform und teilte ihnen allen soviel von seinen Plänen mit, als er für angemessen hielt. Auf die Kriegserklärung hin mußte Wildtöters Plan, sich auf die Arche zurückzuziehen, vollends als das einzige Mittel erscheinen, um dem Verderben zu entgehen. So wurde die Wasserburg, nachdem sie das Feuer gelöscht hatten, verschlossen, die Kanus wurden hinter den Palisaden hervorgezogen und an der Arche befestigt und alle schifften sich ein wie Flüchtige.

Vor einer leichten Brise trieb das Fahrzeug mit gesetztem Segel in die Nacht hinaus. Hurry und der alte Mann legten sich bald auf die Pritschen und überließen es Wildtöter und seinem Freund, auf den Kurs zu achten. Er hielt die Arche möglichst im Schatten der Wälder, um nicht die Aufmerksamkeit der Indianer zu erregen, denn schon hatten sie sich dem Platz genähert, wo Chingachgook mit Wah-tah-Wah zusammentreffen wollte. Chingachgook wies schweigend nach vorn. Ein kleines Feuer brannte zwischen den Büschen auf der Landzunge. Die Indianer hatten ihr Lager verlegt und lagen nun unweit der Stelle, wo Wah-tah-Wah ihre Befreier erwartete.

Wildtöter und der Delaware waren darüber nicht wenig bestürzt, jetzt war es ein Wagnis, an Land zu gehen und das Mädchen zu holen. Auf keinen Fall durften Hutter und Hurry geweckt werden, denn es war zu vermuten, daß ihnen die unerwartete Nähe des Irokesenlagers neue Lust auf Skalpe machen würde.

An der Landspitze brachte Wildtöter die Arche in eine solche Lage, daß Buschwerk zwischen ihr und dem Feuerschein lag, dann gab er Chingachgook das verabredete Zeichen, den Anker auszuwerfen und das Segel einzuholen.

»Und jetzt«, sagte Wildtöter zu der neben ihm stehenden Judith, »es ist Zeit, daß ich mit Chingachgook ins Kanu klettere. Der Stern wird bald aufgehen, und Wah-ta-Wah wird pünktlich sein. Hoffentlich haben die Mingos nicht Lunte gerochen und halten sie fest, oder haben sie als Locktaube dasitzen und die Kerle lauern uns auf.«

»Ich wünschte, ihr ginget nicht, Wildtöter«, stieß Judith hervor, »versprecht mir wenigstens, daß ihr euch nicht unter die Rothäute wagt und nicht mehr tut, als unbedingt nötig ist, um die Delawarin zu retten!«

Wildtöter hatte seinem Freunde schon das Zeichen zum Aufbruch gegeben, sie stiegen in das Kanu und stießen ab. Judith sah ihnen schweigend nach. Sie fuhren nicht direkt auf die Landspitze zu, sondern zunächst auf den See hinaus, um den Feind immer nur vor sich und nie in der Flanke zu haben. Mit äußerster Vorsicht hoben und senkten sie die Ruder, als sie auf etwa hundert Schritt der Landspitze nahe gekommen waren, nahm Chingachgook das Gewehr hoch. Unhörbar glitt das Kanu dem Ufer näher, knirschte leise beim Auflaufen an den Strand, genau an der Stelle, an der auch Hetty an Land gegangen war.

Chingachgook stieg aus und suchte, zuweilen bis an die Knie im Wasser watend, das Ufer sorgfältig ab, doch war niemand zu sehen. Als er zurückkam, stand auch schon sein Freund an Land. Sie berieten sich miteinander, als sich die Wolken zerrissen und der Abendstern prächtig glänzend aufleuchtete. Das war ein freundliches Zeichen, und die beiden Männer lauschten mit verdoppelter Aufmerksamkeit, ob nicht ein Schritt herankäme. Zuweilen hörten sie wohl Stimmen, ein Kind weinte, dazwischen ertönte das Lachen einer Indianerin; das Lager mußte ganz in der Nähe sein. So verging eine geraume Zeit in angespannter Erwartung. Endlich schlug Wildtöter vor, mit dem Boot rings um die Landzunge zu fahren, um das Lager von der anderen Seite sehen zu können. Chingachgook weigerte sich entschieden, den Platz zu verlassen, denn komme das Mädchen in seiner Abwesenheit, wisse es nicht mehr ein noch aus. Das sah Wildtöter ein, und so fuhr er allein, während Chingachgook in den Büschen versteckt warten sollte.

Nach einiger Zeit geriet Wildtöter in den Feuerschein des Lagers, konnte aber kaum gesehen werden, solange die Indianer selbst im hellsten Lichte standen. Diese hatten, durch die Einrichtung des neuen Lagers in Anspruch genommen, eben erst ihr Mahl gehalten. Er sah auf den ersten Blick, daß nur ein Teil der Krieger im Lager war. Spalt-Eiche saß neben dem Feuer und zeigte vergnügt einem Stammesbruder den wunderbaren Elefanten, andere Krieger lagen um das Feuer herum oder standen angelehnt an die Bäume, während in einer Ecke des Lagers Weiber und Kinder lachend und scherzend beisammensaßen. Auf den Ruf einer häßlichen Alten brachten ein junger Indianer und ein Mädchen Wah-ta-Wah in diesen Kreis, und er schloß daraus, daß sie bewacht wurde. Mit dieser Kundschaft kehrte er zu dem Delawaren zurück und sie beschlossen nun zu handeln.

Zuerst zogen sie das Kanu an Land, so daß Wah-ta-Wah es sehen mußte, wenn sie allein an die verabredete Stelle kam. Dann stiegen sie eine Anhöhe hinauf, von der sie bequem das Lager überblicken konnten. Die Indianer saßen noch immer um das Feuer versammelt, in ihrer Mitte Wah-ta-Wah. Chingachgook ahmte das Pfeifen eines Eichhörnchens so ähnlich nach, daß Wildtöter, der den Ton schon oft vernommen hatte, unwillkürlich nach oben blickte. Auch von den Mingos wurde der natürliche Ruf nicht weiter beachtet, nur Wah hörte plötzlich auf zu sprechen, ohne jedoch ihre Beherrschung zu verlieren und nach der Richtung zu sehen, von wo das Zeichen, das ihr so vertraut war, gekommen war.

Als das Zeichen nach einiger Zeit noch einmal erklang, erhob sie sich gähnend, als ob sie schläfrig sei, und ging ihrer Hütte zu. Dort sollte sie von der alten Hexe bewacht werden, die gerade jetzt von einem der Krieger aufgefordert wurde, Wasser zu holen. Sie rief Wah-ta-Wah zu sich und watschelte mit einer Kürbisflasche und Wah-ta-Wah an der Hand der nahen Quelle zu. Ihr Weg führte sie an dem Baum vorbei, hinter dem die Freunde sich versteckt hatten, doch hinderte Wildtöter den Häuptling daran, sich mit seinem Tomahawk auf die Alte zu stürzen. Es schien ihm nicht menschlich, die Alte so zu überfallen, zudem mußte das Geschrei sie verraten. Sie folgten den beiden Frauen bis zur Quelle, und als die Alte ihre Flasche gefüllt hatte, fühlte sie sich von Wildtöter so heftig an der Kehle gepackt, daß sie nur noch einen gurgelnden Ton hervorbringen konnte. Chingachgook versicherte sich schnell des Mädchens und trug Wah-ta-Wah auf seinen Armen durch das Gebüsch zum Kanu.

Wildtöter hielt indessen die Alte fortwährend an der Kehle, sie nur dann und wann Atem holen lassend, damit sie nicht erstickte. Dabei gelang es der Alten, ein Kreischen auszustoßen, das im Nu das Lager alarmierte. Schon standen einige Krieger auf der Anhöhe, wo sie sich gegen den Hintergrund des Lichts wie die Gestalten eines Schattenspiels abhoben. Es war höchste Zeit für den Jäger, sich davonzumachen, er warf die Alte zu Boden und eilte dem Strande zu, indem er seine Büchse schußbereit hielt und sich ein paarmal umschaute wie ein umstellter Löwe.

Es gelang ihm, das Ufer zu gewinnen, wo Chingachgook schon mit dem Mädchen im Boote saß. Wildtöter warf seine Büchse hinein und war eben im Begriff, das Boot vom Ufer abzustoßen, als ihm ein riesiger Indianer wie ein Panther auf den Rücken sprang. Mit einer verzweifelten Kraftanstrengung stieß Wildtöter das Boot mit Chingachgook und Wah-ta-Wah weit in den See hinaus, fiel aber selbst dabei mit dem Indianer kopfüber ins Wasser. Der Wilde mußte sein Opfer loslassen, um wieder über Wasser zu kommen, dann standen beide aufrecht und umklammerten sich mit den Armen, um sich gegenseitig am Gebrauch des Messers zu hindern. Während dieses verzweifelten Ringens kamen neue Wilde hinzu, um ihrem Stammesgenossen beizustehen, und Wildtöter blieb nichts anderes übrig, als sich seiner Gefangennahme durch diese Übermacht zu fügen. Mit Würde trug er, der sich so aufopferungsvoll verhalten hatte, sein Los.

Er wurde dem Lagerfeuer zugeführt, während der Delaware mit seinem Kanu außer Schußweite war und mit seinem kostbaren Raube der Arche zusteuerte.

# Wildtöter in der Hand der Mingos

Am Lagerfeuer sah sich Wildtöter acht grimmig aussehenden Indianern gegenüber, sein alter Bekannter Spalt-Eiche war auch darunter. Er sprach einige Worte abseits mit den anderen, und aus dem beifälligen Gemurmel, das sich dann erhob, durfte Wildtöter entnehmen, daß er ihnen seinen Namen genannt hatte. Sie sahen ihn mit wilden und zugleich bewundernden Blicken an. Auch daß sie ihm nur die Beine fesselten, um ein Entkommen zu verhindern, die Arme aber frei ließen, durfte er sich hoch anrechnen, es schien ihm ein Beweis für ihre Hochachtung vor einem großen Gegner. Man gestattete ihm, sich ans Feuer zu setzen, um seine nassen Kleider zu trocknen, und auch sein Gegner von vorhin stellte sich ihm gegenüber, um mit dem wenigen Zeug, das er trug, dasselbe zu tun.

Als plötzlich die Alte mit geballten Fäusten und funkelnden Augen auf ihn zutrat und ihn wütend zu beschimpfen begann, wurde sie von Spalt-Eiche unsanft zur Seite geschoben. Dann fädelte der schlaue Häuptling mit Wildtöter ein Gespräch ein. Nach Austausch der üblichen Höflichkeiten kam er mit seinem Plan heraus, Wildtöter könne ungehindert auf die Wasserburg zurückkehren, wenn er ihnen Zugang wärend der Nacht verschaffen würde. Von der Beute könne er das Beste behalten, die Skalpe aber sollten ihnen gehören. Entrüstet wies Wildtöter diesen schändlichen Verrat an seinen Freunden zurück, und der Häuptling war klug genug, diesen Plan nicht weiter zu verfolgen.

Nach einer Weile saß er wieder neben seinem Gefangenen. »Falkenauge hat recht«, begann er, »er darf seine Freunde nicht verraten. Die Huronen wissen, daß sie einen großen Krieger in den Händen haben. Wenn er gemartert werden sollte, so werden seine Qualen derart sein, daß kein gewöhnlicher Mann sie ertragen kann, und sollte er als Freund behandelt werden, so wird es die Freundschaft von Häuptlingen sein.«

»Ich bin in eure Gewalt gegeben, und ihr werdet nach euren Gebräuchen mit mir verfahren. Ich will mich nicht rühmen, wieviel Qualen ich ertragen kann, aber ich will mich bemühen, dem Volke der Delawaren, das mich erzogen hat, keine Schande zu machen.«

Da stand plötzlich Hetty wie ein Gespenst an seiner Seite. Der Häuptling, in Sorge wegen eines nochmaligen Überfalls, ging zu seinen Kriegern zurück und gab ihnen den Auftrag, die Umgebung abzusuchen, und Wildtöter konnte sich mit dem Mädchen ungestört unterhalten. Hetty war von ihrer Schwester geschickt, um zu sehen, wie es Wildtöter gehe und was zu seiner Befreiung unternommen werden könnte. Wildtöter gab ihnen den Rat scharf aufzupassen und auf die Ankunft von Truppen aus der Garnison zu warten. Vor allen Dingen aber sollten Hutter und Hurry keine Versuche mehr unternehmen, auf Skalpjagd zu gehen. Wenn es auch hart kommen könne, so sollten sie sich um ihn keine Sorge machen.

Bevor Hetty weiter sprechen konnte, kam Spalt-Eiche zurück und Wildtöter schickte sie fort. Sie gesellte sich der Gruppe der Indianerweiber zu mit einer Selbstverständlichkeit, als gehörte sie zu ihnen, bereitete sich ein Lager und legte sich schlafen. Erst gegen Mitternacht stand sie auf, und ohne von den ausgestellten Wachtposten behelligt zu werden, ging sie zum Ufer zurück, wo Judith mit dem Boot auf sie gewartet hatte. Gemeinsam ruderten sie zu der Arche hinüber, die sie in der Dunkelheit zunächst verfehlten. Plötzlich zerriß ein lauter Knall das Stillschweigen der Nacht, dem Schuß folgte ein Aufschrei einer weiblichen Stimme.

»Das war ein Schrei in Todesangst!« rief Judith, die ihren ersten Schrecken überwunden hatte, »wir wollen sehen, ob wir helfen können.«

Ohne Zögern hielten die Mädchen mit dem Boot auf den Lichtschimmer zu, der sich in den Büschen zeigte, und bald sollte ihnen ein Anblick werden, der sie schaudern machte.

Am Abhang der Anhöhe sahen sie die Bewohner des Indianerlagers um ein junges Mädchen versammelt, das, aus einer Brustwunde stark blutend, bereits im Sterben lag. Der Schuß mußte von der Arche oder einem Kanu abgegeben worden sein. Mit brennenden Fackeln umstanden die Wilden die Sterbende. Das Bild hatte Judith stark erschüttert, noch mehr aber die Blicke, die die Huronen der aufrechten Gestalt Wildtöters zuwarfen, der mit einer Gebärde des Mitleids und der Entrüstung neben der Ermordeten stand. In diesen Blicken der Wilden glaubte sie schon die grausamen Martern zu lesen, die sie für ihren Gefangenen bereithielten.

Da die beiden Mädchen die Arche nirgends entdecken konnten, ruderten sie in die Mitte des Sees hinaus, wo sie sich am sichersten glaubten, und sanken aufs äußerste erschöpft, trotz des harten Lagers in einen wohltätigen Schlummer.

# Der Kampf in der Biberburg

Der alte Hutter und Hurry waren nach einigen Stunden Schlafes aufgewacht und hatten von dem mit Wah-ta-Wah auf die Arche glücklich zurückgekehrten Chingachgook von dem inzwischen Geschehenen Kunde erhalten. »Wildtöter hat sich wie ein Schuljunge aufgeführt«, meinte Hutter zu Hurry, als sie von seiner Gefangennahme sprachen, »wenn er nun seine Dummheit mit seiner Haut bezahlen muß, hat er sich das selbst zuzuschreiben.«

»Hätte ihm auch weiß Gott mehr zugetraut«, antwortete Hurry, »aber wo sind denn die beiden Mädchen, ich finde auf der Arche keine Spur von ihnen.«

Hutter erklärte ihm kurz, was die Mädchen unternommen hatten, und machte die Arche klar, um näher an die Landspitze heranzukommen. Der alte Tom steuerte so dicht am Ufer hin, als es der Tiefgang eben noch erlaubte, aber es war unmöglich, etwas zu erkennen. Der Posten am Ufer indessen sah plötzlich den dunklen Schatten des Segels vor sich und ließ einen Ruf der Überraschung hören. Hurry hob augenblicklich das Gewehr und knallte los, und seine Kugel traf anstatt des jungen Wilden dessen Schwester, die neben ihm gestanden hatte. Als Hurry den Aufschrei des zu Tode getroffenen Mädchens hörte, der auch Judith und Hetty so erschreckte, als sie in ihrem Boot vergeblich die Arche suchten, lachte er zunächst schadenfroh auf. Die anderen Insassen der Arche dämpften seine Freude erheblich, denn Hutter machte ihm Vorwürfe, weil dieser Schuß die Rachsucht der Feinde noch mehr entflammen mußte, und Chingachgook und besonders Wah-ta-Wah sparten nicht mit Worten der Entrüstung über die unsinnige Tat.

Der so gescholtene Riese stand wie begossen da, und wußte auf die Vorhaltungen des Indianermädchens nichts zu erwidern. Hutter hatte die Arche wieder auf das offene Wasser zu gedreht, nur langsam schlich die Nacht im düsteren Schweigen dahin. Als der Tag graute, hielt Hutter auf die Wasserburg zu, wo er die Mädchen am ehesten zu treffen hoffte. Mitten auf dem See erblickte man bald auch Judiths Kanu. Auch Chingachgook hatte mit dem Glas den See und besonders die Burg aufmerksam abgesucht, und schien etwas auf dem Herzen zu haben.

»Nicht gut in Burg gehen!« meinte er zu den beiden, »nicht gut, Huronen da!«

Hutter ließ sich das Glas geben und sah scharf hinüber, konnte aber nichts entdecken.

»Ihr habt am falschen Ende in das Glas geguckt«, spottete Hurry, »weder der alte Mann noch ich können eine Spur finden.«

Schließlich waren sie auf zweihundert Fuß an die Burg herangekommen, und sie bemerkten einen auf dem Wasser schwimmenden Mokassin. Nach vielem Hin und Her erbot sich Chingachgook, den Mokassin mit seinem Kanu zu holen, um aus der Art der Arbeit Schlüsse auf etwaigen unerwünschten Besuch in der Burg zu ziehen. Er wurde untersucht, und schien wirklich einem Huronen zu gehören. Die warnenden Worte Chingachgooks, der die in der Burg herrschende Stille für verdächtig hielt, schlug man lachend in den Wind und ohne große Vorsicht fuhren sie an die Plattform heran.

Der übermütige Hurry sprang gleich hinüber und stampfte dort prahlerisch umher, als wolle er einen ganzen Huronenstamm zum Kampfe auffordern. Dann begab er sich zu Hutter in das Kanu, um ihm das Palisadentor öffnen zu helfen, worauf sie das Boot unter die Falltür brachten. Hutter fand alles in Ordnung, kein Schloß, kein Riegel war versehrt. Der Schlüssel ward hervorgeholt, die Falltür aufgestoßen, Hurry zwängte sich durch die Öffnung und im nächsten Augenblick hörte man ihn auf dem Gang oben herumtrampeln.

»Immer herauf, alter Tom!« schrie er, »alles in bester Ordnung! Ich will mal vorn die Tür öffnen!«

Eine kurze Weile war es still, dann hörte man das Fallen eines schweren Körpers. Hurry brüllte einen gewaltigen Fluch, und im Augenblick schien das ganze Haus lebendig zu sein. Ein paar mal hörte man Indianer ihren Kriegsruf ausstoßen, immer wieder war es, als würden schwere Körper mit aller Gewalt auf den Boden gestoßen und begännen, wiederaufstehend, den Kampf von neuem.

Chingachgook auf der Fähre draußen wußte nicht, wie er seinen Freunden beistehen solle, da er die Waffen nicht nutzen konnte. Nun gewahrte er auch noch Judith und Hetty draußen auf dem See. Er kappte das Tau, an dem die Arche lag, und brachte sie mit Rudern vorsichtig in einige Entfernung von der Burg.

Inzwischen ging der Kampf in dem Käfig weiter. Die Indianer, die durch ihre Späher erfahren hatten, daß die Burg verlassen war, hatten sich mit einem Floß heranfahren lassen, waren mit acht Mann durch das Dach eingestiegen und hatten so die zurückkehrenden Bewohner erwartet, ohne sich frühzeitig zu regen.

Mit Riesenkräften hatte jetzt Hurry, der sich von der ersten Überraschung erholt hatte, einen Huronen hochgehoben und warf ihn über die Plattform ins Wasser, zwei weiteren zeigte er mit Stößen und Tritten denselben Weg, und mit den anderen getraute sich der Riese auch ohne Waffen fertig zu werden, da der Häuptling der Wilden selbst alle Messer und Waffen seiner Leute versteckt hatte, um die Weißen unverwundet in die Hand zu bekommen.

»Hurra, alter Tom!« schrie Hurry voll Zuversicht, »die Schufte sollen schon schwimmen lernen, ich werfe sie alle ins Wasser!«

Schon hatte er zwei weitere Gegner gelähmt, ein dritter, der zitternd an der Tür stand, war nicht mehr mitzurechnen, so galt es nur noch mit dem Letzten und Stärksten anzubinden, der seine Kräfte bis dahin gespart hatte. Hurry versuchte den Gegner niederzureißen, aber immer wieder entschlüpfte er ihm mit seiner glatten, geölten Haut. Da machte Hurry aufs neue eine verzweifelte Anstrengung und schleuderte seinen Gegner mit solcher Gewalt gegen die Hauswand, daß er wie betäubt aufstöhnend niedersank.

Er erhob sich wieder, ward abermals gepackt und hochgerissen, beide stürzten und Hurry schlug der Länge nach auf ihn. Schon waren ihm Hurrys Fäuste an der Gurgel, und mit beiden Händen drückte er ihm den Hals zu wie in einem Schraubstock. In diesem Augenblicke schlang sich ein Bastseil um die Arme des Siegers, das seine Ellenbogen mit Gewalt zusammenschnürte. Im Nu fesselte ihm auch eine zweite Schlinge die Füße, und sein Körper wurde wie ein Baumstamm auf die Mitte der Plattform gerollt. Mit dieser Kriegslist hatten ihn zwei der ins Wasser geschleuderten und wieder emporgekommenen Indianer überwältigt, und damit den Kampf für sich entschieden. Auf der Fähre vermochte man dem wütenden Kampf nur unvollständig zu folgen, zwar griff Chingachgook nach der Büchse, als die beiden Huronen hinterrücks ihre Schlingen warfen, aber bevor er noch schießen konnte, war das Unglück schon geschehen.

Während nun die Feinde durch die Schießscharten nach der Arche Ausschau hielten, versuchte Chingachgook die Fähre möglichst nahe an die Plattform heranzubringen, damit sich Hurry von der Plattform herunterrollen konnte. Die Wilden gaben aus den Schießscharten eine Salve auf die Fähre ab, ohne jedoch jemand zu verletzen, und es gelang, die Fähre mit der Spitze an die Plattform zu bringen. Zwar verfehlte der gefesselte Hurry beim Herunterrollen die Fähre und fiel ins Wasser, aber Wah-tah-Wah warf dem Untersinkenden blitzschnell ein Tau zu, das er mit Händen und Zähnen fassen konnte. So gezogen, wurde er von der Arche fortgeschleppt, und die Huronen erhoben ein fürchterliches Geschrei, als sie den Vorgang bemerkten, und schossen wie wild auf die ihnen entgangene Beute. Rechtzeitig gelang es dann Chingachgook und seiner tapferen Helferin, Hurry heraufzuschaffen und von seinen Fesseln zu befreien.

Die Wilden machten noch einen vergeblichen Versuch, die Arche zu verfolgen, mußten sich aber zurückziehen, da sie auf dem Wasser ungedeckt den Schüssen von der Arche ausgesetzt waren. Auch eine Jagd auf das Kanu mit den beiden Mädchen gaben sie bald auf und wandten sich insgesamt dem Ufer zu.

# Ein Gefangener erhält Urlaub

Sobald vom Feinde nichts mehr zu sehen war, näherten sich Hetty und Judith von der einen und die Arche von der anderen Seite dem Kastell, Hetty stieg als erste auf die Plattform und ging ins Haus, um sich vom Wegzug der Mingos zu überzeugen. »Ich bin in allen Zimmern gewesen, Judith, sie sind leer. Nur der Vater schläft in seinem Lehnstuhl, aber sehr unruhig, wie mir scheint!«

»Sollte Vater etwas zugestoßen sein?« fragte Judith, als sie auf der Plattform stand, und die Mädchen gingen zusammen in das Gemach. Der alte Mann saß in einer Ecke des Zimmers, sein Kopf war auf die Brust herabgesunken. Eine Mütze war ihm tief über das Gesicht gezogen. Mit einer schlimmen Ahnung zog Judith die Mütze ab. Entsetzlich – Blut floß überall vom zuckenden, bloßgelegten Schädel, die Indianer hatten ihn bei lebendigem Leibe skalpiert.

»Wasser!« stöhnte er jetzt, – seine Stimme klang dumpf und fremd – »gebt mir doch Wasser, ihr närrischen Mädels! Wollt ihr mich denn verdursten lassen?«

Sie flößten ihm Wasser ein und er schien wieder etwas zu sich zu kommen. Er starrte ängstlich um sich, seine Augen öffneten sich weit, er schien zu begreifen, daß er sterben mußte, und wollte sprechen. »Vater«, sagte Judith mit tränenerstickter Stimme, »Vater, können wir dir helfen? Können wir etwas für dich tun?«

»Vater«, wiederholte langsam der alte Mann, »nein Judith und Hetty, ich bin nicht euer Vater. Seht in der Truhe nach, dort werdet ihr alles finden! Gebt mir noch Wasser, mehr Wasser!«

Die Mädchen gehorchten, das Bekenntnis des Sterbenden hatte sie eigenartig berührt. Während sie so ständig um den Vater bemüht waren, ihm die letzten Stunden zu erleichtern, waren mit der Fähre Hurry, Chingachgook und Wah-ta-Wah zur Biberburg zurückgekehrt. Hurry, der ohne Waffen gegen die Wilden gefochten hatte, glaubte auch Hutter unverletzt, um so mehr war er erstaunt, als er seinen Gefährten so übel zugerichtet vorfand. Er konnte noch einige Worte mit dem Alten wechseln, dann waren dessen Kräfte aufgezehrt und Stimme und Atem versagten ihm. Es war zu Ende gegangen.

Der Tag verstrich ohne weitere Ereignisse. Die Huronen rührten sich nicht, und so trugen sie denn gegen Abend den Toten auf die Arche hinüber. An der Stelle, an der auch Hettys und Judiths Mutter lag, wollten sie ihn in den See versenken. Hetty, die den Platz genau kannte, stellte sich zu Hurry an das Steuer und zeigte ihm, wie er es zu halten hatte. Als sie den Platz erreicht hatten, warf Hurry den Anker aus und ließ den in ein großes Tuch gehüllten Leichnam in den See gleiten. Während die Arche langsam nach dem Kastell zurückkehrte, trat Judith zu ihrer Schwester, die traurig auf das Wasser hinabsah, das neben der Leiche der Mutter nun auch die des Mannes barg, den sie, so lange für ihren Vater, gehalten hatte.

»Schwester«, sagte Judith freundlich, »ich habe über manches mit dir zu reden, laß uns in ein Kanu steigen und ein Stück von der Arche abrudern. Die Geheimnisse zweier Waisen sind nicht für jedermanns Ohren bestimmt.«

»Du weißt«, begann Judith, als sie im Boote saßen, »daß Tom Hutter nicht unser Vater war. Dennoch hat sein Tod nun alles verändert: wir zwei Mädel können nicht allein hier am See bleiben, schon Vater ist es sauer geworden, sich durchzuschlagen. Es bleibt uns nichts anderes übrig, als in die Ansiedlungen zu gehen.«

»Ach«, erwiderte Hetty trübselig, »es tut wir weh, von hier zu gehen. Hier sind die Bäume und die Berge, und der See und die Quellen im Wald, da ist mir wohl. Du bist schön und klug, und eines Tages wirst du einen Mann haben, warum gehen wir dann fort?«

»Wer sollte mich denn zur Frau haben wollen?«

»Hurry ...«

»Rede nicht von ihm«, sagte Judith heftig, »wir haben uns ausgesprochen. Noch heute wird er uns verlassen, und das nächste Fort benachrichtigen. Aber lassen wir das jetzt. Die Sonne geht unter und die Arche treibt uns davon. Heute nacht werden wir erst einmal die Truhe ganz auspacken, vielleicht sehen wir dann weiter. Ich denke, es wird noch genug darin sein, um alle Huronen damit zu kaufen. Laß mich nur Wildtöter erst frei haben, er wird schon Rat wissen.«

Sie ruderten langsam auf die Arche zu, als Judith plötzlich inne hielt.

»Ist das nicht ein Kanu da drüben?«

»Ich habe es schon lange gesehen, aber wollte nicht davon sprechen. Es kam vom Indianerlager her und es saß ein einzelner Mann darin. Ich glaube, es ist kein Irokese, sondern Wildtöter.«

»Wildtöter! Das ist unmöglich! Wildtöter ist gefangen!«

»Schau nur selbst, Schwester, eben kommt das Boot wieder zum Vorschein!«

Das Kanu tauchte hinter der Burg auf und hielt auf die Arche zu. Es war wirklich Wildtöter!

»Willkommen, Freund Wildtöter, willkommen!« rief ihm Judith entgegen, als die beiden Kanus zusammentrafen. »Wir haben einen schlimmen Tag hinter uns, sind die Huronen menschlicher geworden oder habt ihr ihnen ein Schnippchen geschlagen?«

»Keines von beiden, Judith«, erwiderte der Jäger, »die Mingos sind und bleiben Mingos. Und mit dem Schnippchen schlagen ist es vorbei, ein Indianer läßt sich nur einmal übertölpeln.«

»Aber wie kommt ihr denn hierher?«

»Ganz einfach! Ich bin auf Urlaub.«

»Auf Urlaub? Ich weiß wohl, was das Wort bei einem Soldaten bedeutet, aber bei einem Gefangenen?«

»Es bedeutet genau dasselbe. Nämlich, daß ein Mann die Erlaubnis erhält, das Lager auf eine bestimmte Zeit zu verlassen, nach deren Ablauf er zurückkehren muß.«

»Und die Indianer haben euch so einfach ohne Bewachung laufen lassen? Wie wollen sie wissen, daß ihr zurückkehrt?«

»Sie haben doch mein Wort«, sagte der Jäger schlicht, »wären auch schöne Narren gewesen, wenn sie mich ohne das hätten gehen lassen.«

»Und ihr denkt wirklich daran, euer Wort zu halten und euch den Grausamkeiten der Wilden wieder auszuliefern?«

Wildtöter starrte die schöne Fragerin einen Augenblick an, ohne zu begreifen.

»Ich verstand nicht ganz, Judith«, sagte er, »oder meintet ihr, Chingachgook und Hurry würden es nicht zulassen? Da kennt ihr die beiden noch nicht. Der Delaware wäre der letzte, der etwas einzuwenden hätte, und Hurry – nun, der kümmert sich wenig um andere Leute und denkt mehr an sich selbst.«

»Und wann ist euer Urlaub um?« fragte Judith.

»Morgen mittag, und ich werde keine Minute früher, als es geboten ist, eure liebe Gesellschaft verlassen, um mich jenen Landstreichern wieder zu überliefern. Sie fürchten schon ein Eingreifen der Garnison und wollten die Frist um keinen Augenblick verlängern. Aber wir reden immer nur von mir, dabei seid ihr nach dem Tode Hutters selbst übel genug dran. Ich habe schon alles bei den Irokesen erfahren. Jetzt braucht ihr den Rat eines guten Freundes.«

»Was den Freund angeht, der seid ihr selbst. Hurry will uns verlassen. Wenn er fort ist, werdet ihr gewiß eine Stunde für mich übrig haben. Hetty und ich, wir wissen nicht mehr, was wir tun sollen.«

Indessen hatten sie die Arche erreicht und Wildtöter begrüßte seine Gefährten. Als er ihnen die Art seines Urlaubs auseinandersetzte, wurde Chingachgook nachdenklich. Zwar dachten die Huronen für die nächste Nacht an keinen Angriff, – Wildtöter hatte auch das verloren geglaubte Kanu mitgebracht –, aber sie hatten gewisse Vorschläge zu machen, auf die Wildtöter die Antwort holen sollte.

Inzwischen war es schnell dunkel geworden, sie hatten das Kastell erreicht und versammelten sich im Haus. Die Mädchen bereiteten das Abendessen. Während Hurry bei dem Schein eines brennenden Fichtenspans seine Mokassins instand setzte und Chingachgook in düsterem Nachdenken dasaß, unterzog der junge Jäger Hutters Lieblingsbüchse »Killdeer« – Wildtöter genannt – einer genaueren Betrachtung. Das Gewehr war etwas länger als gewöhnliche Büchsen, der Schaft mit eingelegtem Silber verziert und in allen seinen Teilen vollkommen gearbeitet. Es schien das Meisterstück eines hervorragenden Waffenmeisters zu sein.

»Ein großartiges Ding, Hurry, rief Wildtöter aus, »eigentlich zu schade, daß es nun in Weiberhände kommen soll. Wenn es der richtige Mann in die Hände bekommt, er müßte zum König der Wälder damit werden!«

»Dann sollt ihr es behalten, Wildtöter«, sagte Judith, die zugehört hatte und den jungen Jäger mit glänzenden Augen ansah, »werdet ihr der König der Wälder damit. Es könnte nicht in bessere Hände kommen.«

Hurry, der schon gehofft hatte, Judith würde die Büchse ihres Vaters ihm als Andenken vermachen, machte aus seiner Enttäuschung keinen Hehl, schließlich war es ihm aber wichtiger, sich fertig zu machen, um nur fortzukommen.

Nach dem Abendessen versammelten sich alle noch einmal draußen auf der Plattform, um zu hören, was Wildtöter zu berichten hatte. Die Nacht war sternenhell, die Berge lagen schwer und schwarz ringsumher, und von tausend Gestirnen blitzte und funkelte das leis bewegte Wasser. »Nun, Wildtöter«, begann Judith, »was haben die Huronen uns also zu sagen?«

»Als die Mingos, die die Burg überfallen hatten, zurückkehrten«, erzählte Wildtöter, »hielten sie untereinander Rat, und auf ihren Gesichtern war zu lesen, daß sie schlimme Gedanken hegten. Nachdem sie geraume Zeit geraucht und gesprochen hatten, eröffneten sie mir ihren Beschluß. Sie glauben, daß der See mit allem Drum und Dran in ihrer Gewalt sei, und daß man mir vertrauen könne. Darum schicken sie durch mich diesen Wampun-Gürtel« – Wildtöter holte einen mit Perlen und Muscheln besetzten Gürtel hervor und zeigte ihn Chingachgook – »sie lassen dir sagen, Große Schlange, daß du dich auf deinem ersten Kriegsgang gut gehalten hast und ungekränkt über die Berge in deine Heimat zurückkehren kannst. Wah-ta-Wah aber, die sich heimlich aus dem Lager entfernt habe, müsse bei den Huronen bleiben. Die nächste Botschaft gilt euch, Judith«, fuhr Wildtöter fort, »sie sagen euch, der Herr der Biberburg sei nun auf den Grund des Sees hinabgetaucht und werde nie wieder kommen. Da müsse es den Mädchen bald an Wigwams und Nahrung fehlen. Die Hütten der Huronen seien besser als die der Bleichgesichter, so möget ihr denn zu ihnen kommen, und einer der tapfersten Krieger, der erst vor kurzem sein Weib verloren hat, werde euch – die Wilde Rose – gern auf die Bank an seinem Herde setzen. Der schwachsinnigen Schwester werde es bei den roten Kriegern nie an guter Aufnahme fehlen.«

»Und ihr gebt euch dazu her, mir eine solche Botschaft zu überbringen?« rief Judith bekümmert, »haltet ihr mich für gut genug, die Sklavin einer Rothaut zu werden?«

»Ich habe nur berichtet, was man mir aufgetragen hat«, entgegnete Wildtöter, »was ihr antworten sollt, darüber habe ich noch kein Wort verloren. Wenn ich Hurry Harry wäre, würde ich antworten: Wildtöter, gehe hin und sage den Gaunern, daß sie mich nicht kennen. Ich bin ein Mann von weißer Haut und werde nie zwei arme Mädchen im Stich lassen, um meinen Skalp und mein Leben zu retten. Sie mögen ein ganzes Fuder Tabak aus ihrer Friedenspfeife rauchen, ich werde mich nie auf ihre Vorschläge einlassen. Jawohl, das würde ich antworten, wenn ich Hurry Harry heißen würde.«

Hurry war nicht wenig verlegen über diesen Wink. Er wäre auch gewiß geblieben, wenn Judith ihm ein Wörtchen gesagt hätte, aber sie schwieg. Verstohlen sah er zu ihr hinüber. Das erboste ihn aufs neue.

»Sagt ihnen also gefälligst, Wildtöter, daß Hurry Harry es für einen Blödsinn hält, sich als einzelner Mann mit einem ganzen Stamm herumzuschlagen. Wenn Judith ein Einsehen hat, kommt sie mit ihrer Schwester mit zum Fort, andernfalls werde ich mich entfernen, sobald die Kundschafter der Mingos sich aufs Ohr gelegt haben.«

»Nein, Hurry«, erwiderte Judith abweisend und entschieden, »wir gehen nicht aufs Fort, und danken für dein Anerbieten.«

»Das ist also erledigt«, meinte Wildtöter, »Hurry muß wissen, was er zu tun hat. Aber nun zu Wah-ta-Wah. Was sagst du dazu, Mädchen?«

Wah-ta-Wah erhob sich. »Sage den Huronen, Wildtöter«, begann sie in großartiger Entrüstung, »sage ihnen, daß sie blind sind wie die Maulwürfe. Bei meinem Volke stirbt die Rose auf dem Reis, aus dem sie entsprungen ist, und die Tränen des Kindes fallen auf das Grab der Eltern, und das Korn reift, wo der Samen ausgestreut ist. Die Mädchen der Delawaren sind nicht wie die Wampun- Gürtel, die man von Stamm zu Stamm sendet. Auch das Rotkehlchen und die Schwalbe kehren jedes Jahr zu ihren alten Nestern zurück, soll ein Weib treuloser sein als ein kleiner Vogel? Wah-ta- Wah hat nur ein Herz, und das gehört dem Sohne des Unkas!«

Wildtöter hatte dieser delawarischen Rede mit Entzücken zugehört und wandte sich nun an seinen Freund. »Chingachgook, jetzt hast du das Wort!«

»Höre, was die Große Schlange den Wölfen mitzuteilen hat, die durch unsere Wälder jagen. Sie sind nicht einmal Wölfe, sondern Hunde, denen die Delawaren die Ohren und Schwänze verstümmeln werden. Sie können wohl junge Weiber stehlen, sie aber nicht verwahren. Chingachgook nimmt, was ihm gehört, ohne die Hunde aus Kanada erst um Erlaubnis zu fragen. Er wird Wah-ta-Wah bei sich behalten und sie wird ihm sein Wildbret kochen, sie beide werden Delawaren genug sein, um das ganze Rudel Huronen nach Hause zu treiben!«

Sie erhoben sich, und Hurry verkündete seinen Entschluß, in einer Stunde die Gesellschaft zu verlassen. Gegen neun Uhr fuhr er dann mit Wildtöter, der ihn an Land ruderte, davon. Der Riese wurde an jene Uferstelle gerudert, wo sie bei ihrer Ankunft den See erreicht hatten. »Ihr werdet dafür sorgen, Hurry, daß gleich nach eurer Ankunft in der Garnison eine Abteilung Soldaten gegen die Mingos abgeschickt wird, und ihr würdet sie am besten begleiten, da ihr jeden Pfad hier kennt«, sagte Wildtöter zum Abschied. »Mir ist ja nicht viel zu helfen, aber Judith und Hetty könnt ihr retten.«

»Was euch angeht«, erwiderte Hurry mit Teilnahme, »so ist das doch eine üble Geschichte. Ich wünschte von ganzem Herzen, der alte Hutter und ich hätten die ganze Mingobrut damals skalpiert.«

»Besser wäre es für mich und uns alle, ihr hättet es niemals versucht«, entgegnete Wildtöter, »und daß ihr das junge Mädchen erschossen habt, hat uns furchtbar geschadet.«

»Aber ihr wollt euch doch nicht im Ernst diesen Bestien wieder ausliefern? Das wäre ja der reine Wahnsinn!«

»Es gibt Leute, die es wahnsinnig nennen, wenn jemand sein gegebenes Wort hält. Von mir soll keine Rothaut sagen können, daß ich meines gebrochen habe.«

Mit flüchtigem Handschütteln riß sich Hurry los, die edle Gesinnung Wildtöters zu verstehen, war ihm unmöglich. Wildtöter lauschte ihm eine Weile nach, wie er im Gehölz verschwand, und schüttelte den Kopf über den Lärm, den er dabei unvorsichtigerweise machte. Dann ruderte er langsam zur Burg zurück.

# Verlorenes Spiel

Auf der Arche brannte noch Licht, Judith erwartete ihn. »Seht, Wildtöter, was ich euch zeigen will ...« begrüßte sie ihn und zeigte auf die bereits aufgesperrte Truhe, »es sollte mich doch wundern, wenn wir auf ihrem Grunde nicht bald etwas von Tom Hutter und seinem Lebenslauf finden würden.«

Sie begannen auszupacken, und endlich kam ein Bündel zum Vorschein, das sie bei der ersten Öffnung der Truhe nicht untersucht hatten. Es war eine große Schiffsfahne, – die Bestätigung dafür, daß Hutter früher zur See gefahren war.

»Ich will endlich wissen, wer ich bin«, sagte Judith. Sie holte einen kleinen Kasten heraus, den Wildtöter aufbrach, und der mit Briefen und Papieren bis obenhin gefüllt war. Und nun vergingen wohl an die zwei Stunden, in denen Judith mit fiebernder Hast Brief um Brief und Papier um Papier entfaltete. Es ergab sich, daß Hutters wahrer Name Hovey und er früher Seeräuber gewesen war. Er hatte Judiths und Hettys Mutter, eine Witwe, geheiratet und war mit ihr in die Einsamkeit des Glimmersees gezogen. Auch war eine Art Testament vorhanden, nach dem sich die Schwestern die nachgelassene Habe Hutters teilen und zu entfernten Verwandten ihrer Mutter in die Kolonie ziehen sollten.

»Laßt es für heute Nacht genug sein, es wird morgen ein schwerer Tag werden, schlaft über alles und vergeßt!« sagte Wildtöter. Schweigend suchten sie ihr Nachtlager auf.

Schon vor Sonnenaufgang standen Chingachgook und Wah-ta-Wah im ersten Gespräch auf der Plattform. Sie beratschlagten, wie sie Wildtöter helfen könnten und waren sich einig, daß sie alles tun müßten, ihn zu retten. Wildtöter erschien in der Tür der Kajüte und trat zu ihnen.

»Wenn die Sonne über den Fichten steht«, fragte Chingachgook ernst, »wo wird mein Bruder Wildtöter dann sein?«

Der Jäger starrte ihn einen Augenblick an, dann nahm er ihn mit zur Arche hinüber.

»Rede nicht vor den Mädchen davon«, sagte er, »es war unvorsichtig von dir. Kein Sterblicher kann sagen, wo Wildtöter sein wird, wenn morgen die Sonne aufgeht. Aber ich will dich dasselbe fragen: Schlange, wo wirst du sein?«

»Chingachgook wird bei seinem Freunde sein. Wenn er im Lande der Geister ist, wird die Große Schlange mit ihm dort sein. Wenn aber noch die Sonne auf ihn scheint, so wird ihr Licht auf beide fallen!«

»Ich verstehe dich, aber du darfst Wah-ta-Wah meinetwillen nicht im Stich lassen!«

»Wah-ta-Wah ist eine Tochter der Mohikaner. Sie wird ihrem Manne folgen. Beide werden bei dem berühmten Jäger sein, wenn die Sonne wieder über jener Tanne steht!«

»Ich beschwöre euch, wagt keine übereilte Unternehmung. Ihr sollt nicht meinetwegen in die Schlingen der Mingos geraten!«

»Wilötöter kann überzeugt sein, die Delawaren gehen nicht mit geschlossenen Augen in das Lager der Feinde.«

Hetty unterbrach ihr Gespräch und teilte mit, daß das Frühstück bereitet sei. Bald war die Gesellschaft um das einfache Mahl versammelt. Es war noch früh, als sie sich erhoben, und Wildtöter wollte in der Zwischenzeit, bis er zurück mußte, sich selbst und die andern zerstreuen und holte die Büchse Killdeer herbei. Nachdem er das schöne Gewehr abermals in Augenschein genommen hatte, wandte er sich an Judith: »Wenn es dazu käme, daß diese kostbare Waffe wieder ihren Besitzer verlöre, möchte ich sie Chingachgook vermachen.«

»Hinterlasse die Büchse, wem du willst, sie ist dein Eigentum«, antwortete Judith in scheinbarer Fassung, wahrend sie der Schmerz, zu überwältigen drohte. Der Jäger sah aus wie der glücklichste Mann, als er dies seinem Freunde mitteilte und ihm den Wert der Büchse für seinen Stamm begeistert schilderte. Er konnte es aber nicht unterlassen, zunächst die Trefflichkeit des Gewehrs im Wettstreit mit Chingachgook zu erproben.

Inzwischen war die Trennungsstunde herangekommen. Wildtöter machte sich zur Abfahrt fertig und nahm Abschied von Judith und dem Indianerpaar. Es war beschlossen worden, daß Hetty, die nichts Böses von den Indianern zu erwarten hatte, Wildtöter ins Lager begleiten sollte. Die Sonne wollte eben in den Zenith rücken, als Wildtöter mit Hetty an der Landzunge landete, auf der die Huronen jetzt ihr Lager aufgeschlagen hatten.

»Hier bin ich, Mingos«, sagte er in der Sprache der Delawaren, als er in den Kreis der versammelten Wilden trat, die spannungsvoll auf die Rückkehr gewartet hatten, »hier bin ich, und dort oben steht die Sonne. Sie ist den Gesetzen der Natur nicht treuer, als ich es meinem Wort bin. Ich bin euer Gefangener, tut mir mir, was ihr wollt.«

Im Kreis der Krieger erscholl beifälliges Murmeln, viele mochten jetzt wünschen, einen Mann mit so kühnem Geist in ihren Stamm aufzunehmen. Spalt-Eiche trat ihm mit würdevollem Gruß entgegen: »Du bist redlich, Bleichgesicht, mein Volk ist glücklich, einen Mann und keinen Fuchs gefangen zu haben. Wir werden dich als tapferen Krieger behandeln. Wenn du einen der Unsrigen getötet und zum Tode anderer beigetragen hast, so bist du bereit, es mit deinem Leben zu büßen. Ich habe gesprochen, und du weißt, was ich gesagt habe!«

Nun ließ man den Gefangenen, während sich die Häuptlinge besprachen, wohl eine Stunde lang frei herumgehen, aber so scharf bewacht, daß jeder Fluchtversuch unmöglich schien. Endlich wurde er aufgefordert, wieder vor seinen Richtern zu erscheinen. Spalt-Eiche richtete das Wort an ihn. »Falkenauge«, sprach er, den Arm ausstreckend, »hier steht die Witwe des trefflichen Kriegers, den du getötet hast. Du bist wohldenkend und machst gern ein Unrecht wieder gut – hier ist eine geladene Büchse, nimm sie, schieße ein Wild und bringe es der Sumach und nenne dich ihren Mann. So wird mein Volk den verlorenen Krieger wieder haben.«

»Habe mir schon gedacht, daß es darauf hinauslaufen würde, aber ich will der Sache ein Ende machen. Keiner eurer Vorschläge hat bei meinen Freunden willige Ohren gefunden, und es würde mir übel anstehen, ein Indianerweib zu nehmen. Mögen eure jungen Männer selbst für Sumach sorgen!«

Seine Worte lösten einen Sturm der Empörung insbesondere unier der Weibern aus. Am grimmigsten tobte der »Panther«, der

Bruder Sumachs, aus dessen funkelnden Augen die Rachgier lohte. »Hund von einem Weißen!« schrie er wutschnaubend, und schleuderte seinen Tomahawk gegen Wildtöter, der ihn mit sicherer Hand auffing. Alle Kraft zusammennehmend, warf er die tödliche Waffe auf seinen Gegner zurück, so unerwartet, daß der Panther nichts unternahm um auszuweichen. So traf ihn die Streitaxt zwischen beide Augen und schwer fiel der Körper der starken Mannes zur Erde, er war tot.

Einen Augenblick sah sich Wildtöter frei, denn alle umdrängten den Gefallenen. Wie ein Hirsch stob er davon, und eine wilde Jagd hob an. Noch ehe die Schildwachen wußten, was vorging, war er bei ihnen durch, sie feuerten hinter ihm her, ohne zu treffen, und Wildtöter verschwand in der Deckung der Büsche am Ufer. Er hatte schon über hundert Schritt Vorsprung gewonnen, als Ordnung in seine Verfolger kam und sie sich nach verschiedenen Richtungen verteilten, um ihm den Fluchtweg auf der engen Landzunge abzuschneiden. Er stürzte weiter den Hang des Hügels vor ihm hinauf, oben sah er sich begierig nach einem Versteck um und schmiegte sich dann so dicht als möglich unter einen gefallenen Baum. Die ersten seiner Verfolger schrien laut, als sie den Hügel erklommen hatten, und sprangen, in der Meinung, ihr Gegner habe sich in der Schlucht verborgen, über den Stamm hinweg und in die Schlucht hinein. Endlich hatten sie alle die Tiefe der Schlucht erreicht und suchten nach der verlorengegangenen Fährte des Flüchtlings. Das war der richtige Augenblick für Wildtöter, unbemerkt schwang er sich über öen Baum und rannte in großen Sprüngen zurück den Hügel hinab. An Weibern und Kindern vorbei, die ihm Steine und Äxte in den Weg warfen, lief er zum Ufer und stand bald vor seinem Kanu. Die Ruder waren entfernt, also gab er dem leichten Boot einen gewaltigen Stoß und schwang sich schnell hinein. Ein teuflisches Geschrei zeigte ihm, daß die Verfolger ihn gesehen hatten, und schon drang eine Kugel an seinem Kopf vorbei durch das Kanu, in dem er sich lang auf den Boden gelegt hatte. Zu seinem Schrecken konnte er durch das Loch nun feststellen, daß er nur wenig vom Ufer entfernt war und das Boot eher landwärts als seewärts trieb. Er versuchte mit einem Stecken, den er ins Boot geworfen hatte, das Boot in eine andere Richtung zu bringen, aber ein wohlgezielter Schuß, der ihm den Stecken zerschmetterte, bewies ihm, daß ihn die Indianer genau beobachteten und sicher waren, seiner wieder habhaft zu werden. So ließ er das Boot ruhig treiben. Nach einiger Zeit vernahm er ein Geräusch und sah sich unter dem grünen Laubbach eines Baumes. Er sprang empor und begegnete den Blicken der Spalt-Eiche, der das Kanu ans Ufer zog.

»Du hast das Spiel gewonnen, Spalt-Eiche«, sagte Wildtöter gelassen, als er aus dem Boot stieg und dem Häuptling auf den freien Platz der Halbinsel folgte, »nun bin ich wieder euer Gefangener. Aber ich denke, daß ich im Ausbrechen genau so tapfer bin wie im Worthalten!«

»Mein junger Freund ist ein Elentier, seine langen Beine haben meine Krieger müde gemacht, aber er ist kein Fisch, der seinen Weg im See findet.«

Spalt-Eiche ließ ihn allein, und Wildtöter stellte fest, daß die Indianer seine Bewachung verstärkt und ihm alle Fluchtmöglichkeiten abgeschnitten hatten. Sie schlossen den Kreis um ihr Opfer immer enger, und schon sah er einige mit den Vorbereitungen für die Marter beschäftigt, die ihn erwarteten.

# Am Marterpfahl

Spalt-Eiche trat noch einmal zu ihm und forderte seinen Skalp. Einige von den jungen Männer traten mit dem Tomahawk in der Hand in den Kreis, sie warteten ungeduldig auf den Beginn der Marterung. Wildtäter wurde gefesselt, die Arme mit Stricken fest an den Leib gebunden und die Beine eng aneinander, so schleppten sie ihn an einen jungen Baum und machten ihn dort fest, daß er sich weder rühren noch fallen konnte. Es galt jetzt, den Tomahawk so genau zu werfen, daß er haarscharf neben dem Kopf des Gefangenen in den Baum schlug. Hierzu wurden allgemein nur die besten Werfer zugelassen, damit nicht ein vorzeitiger Tod des Opfers die Unterhaltung verkürzte. Wildtöter stand unbeweglich, als die ersten Tomahawks neben seinem Kopf einschlugen, er wurde zwar mehrmals leicht gestreift, erhielt aber nie eine gefährliche Wunde. Die unerschütterliche Festigkeit, mit der er auf seine sich wie wild gebärdenden Gegner blickte, besonders als zum Schluß dieses Spiels alle zugleich ihre Eisen nach ihm schleuderten, erwarb ihm die Achtung aller Zuschauer.

Der junge Jäger habe sich wie ein Mann benommen, unterbrach Spalt-Eiche das gefährliche Spiel, er fragte an, ob es der Wunsch der Huronen sei, die Martern fortzusetzen. Einstimmig wurde dies gefordert, und der kluge Häuptling, der noch immer damit rechnete, Wildtöter für seinen Stamm zu gewinnen, mußte zunächst nachgeben. Er rief einige der besten Schützen heran, um den Gefangenen der Büchsenprobe zu unterwerfen. Wilötöter erhoffte sich, als er die Gewehre auf sich gerichtet sah, davon ein baldiges Ende seiner Qualen, denn die geringste Abweichung der Kugel konnte ihm den erlösenden schnellen Tod bringen.

Kugel um Kugel klatschte neben Wildtöter in den Baum, links und rechts um seine Ohren zischend, aber er rührte sich nicht, starrte in die Mündungen der Gewehre, ohne mit den Augen zu zucken. Dergleichen hatte noch keiner von den Huronen erlebt!

»Wir haben Wildtöter zu fest gebunden«, rief Spalt-Eiche aus, »seine Starrheit ist schuld, daß er keine Furcht zeigt, nicht sein kühnes Herz. Bindet ihn los, damit er sich freier bewegen kann!«

Der listige Vorschlag des Häuptlings fand Beifall, und man zer-schnitt die Seile, daß unser Held ganz frei dastand und durch Stampfen und Springen und Reiben seiner Glieder sein Blut in Bewegung brachte. Damit fand er auch seine alte Tatkraft wieder, und sein Geist beschäftigte sich nur noch mit den Gedanken an seine Rettung. So sehr er sich in sein Schicksal ergeben hatte, war er doch weit entfernt davon, nur auf seinen Tod zu warten. Zur Ruhe freilich kam er nicht, jetzt war es Sache der Frauen, ihn durch Spotten, Schimpfen und Bosheiten aller Art in Wut zu bringen, damit er den nun folgenden Martern weniger widerstehen solle. Spalt- Eiche ließ Vorbereitungen zu den eigentlichen Martern treffen. Wildtöter wurde wieder an den Baum gebunden und schon liefen einige zu dem Feuer, um die glühenden Stäbchen zu holen, die man ihm ins Fleisch bohren wollte, da kam einer von den Spähern mit einer Botschaft, die alles in Aufregung versetzte. Angetan mit einem prächtigen Brokatkleide und anderen Herrlichkeiten aus der Truhe, trat Judith mit der Gebärde einer Herrscherin in den Kreis, um mit ihrer Erscheinung die Freilassung des Gefangenen zu befehlen. Die grimmigen alten Krieger ließen ein erstauntes »Hugh« ertönen, selbst die Weiber konnten ihr Entzücken über das schöne Bild nicht verhehlen. Wildtöter, erschrocken über die Kühnheit des Mädchens, verdolmetschte dem Häuptling ihre Forderungen.

»Du siehst an meinen Kleidern, Häuptling, daß ich von hohem Rang bin, und weißt, daß wir mehr Soldaten haben als ihr. Ich bin allein gekommen, um euch nicht zu erschrecken. Das Bleichgesicht dort am Marterpfahl ist ein großer Jäger, und in allen Garnisonen berühmt. Es wird einen wilden Kampf um ihn geben, wenn ihr ihn nicht freilaßt. Es ist besser, ihr gebt ihn mir in Frieden heraus!«

»Ich höre einen wundervollen Vogel singen«, antwortete der alte Fuchs, der sich nicht hinters Licht führen ließ, »der Vogel hat schöne bunte Federn, er wird auch einen Namen haben. Komm her, meine Tochter mit dem schwachen Geist, und nenne mir seinen Namen!« Der Häuptling hatte richtig mit der Einfältigkeit Hettys gerechnet. Nicht gewohnt, sich zu verstellen, sagte sie, daß es ihre Schwester Judith sei.

Mit triumphierenden Lächeln wandte sich der Häuptling an seine Krieger, um sich mit ihnen zu besprechen, während Judith einen flehenden Blick auf Wildtöter warf, als ob von ihm, dem Hilflosen, eine Hilfe kommen könnte. »Auf alle Fälle werden sie nicht wagen, euch in meiner Gegenwart zu martern«, meinte das edelmütige Mädchen, »und eine halbe Stunde Aufschub ist ein großer Gewinn für uns. Deine Freunde sind nicht untätig!«

Als Spalt-Eiche jetzt wieder vor seinen Gefangenen trat, war alles Wohlwollen aus seinen Zügen verschwunden. Daß ihn die Tochter Hutters durch ihre Verkleidung angesichts seines Stammes übertölpeln wollte, konnte er nicht hingehen lassen. Dürres Holz wurde herbeigeschleppt, und in der Nähe des Opfers entzündet, daß Rauch und Glut unerträglich wurden. Als auch schon die Flammen Wildtöter erreichten und er zu ersticken drohte, sprang plötzlich Hetty durch die Menge und zerstreute mit einem Stocke die brennenden Zweige nach allen Seiten. Zornige Hände wollten sie zu Boden schlagen, wurden aber von Spalt-Eiche daran gehindert, doch wurde das Feuer aufs neue geschürt. Da machte sich im rechten Augenblick eine Indianerin Bahn durch die Menge und stieß das prasselnde Reisig mit dem Fuß zurück. Als man in der Täterin Wahta-Wah erkannte, schlug der laut geäußerte Unwillen in Erstaunen und Freude um, sie wieder zu haben, und alle drängten sich um das Mädchen, sie auszufragen. Vergeblich bemühte sich Wah-ta-Wah, daß man Wildtöter losband, die Mingos waren mißtrauisch geworden. Sie wollten gerade mit den Martern fortfahren, als ein junger Indianer mitten in den Kreis sprang.

Mit drei Sätzen war er an Wildtöters Seite, durchschnitt seine Fesseln und wandte sich jetzt erst den Huronen zu: es war Chingachgook. In seiner Linken hielt er zwei Büchsen, von denen er eine, die berühmte Killdeer, Wildtöter in die Hand drückte. Die plötzliche Gegenwart von zwei bewaffneten Männern machten die Huronen stutzig, die nur Messer und Tomahawk zur Hand hatten, während ihre Büchsen weiter entfernt lagen. »Huronen«, rief Chingachgook den immer noch Verdutzten zu, »diese Erde hat weites Land. Jenseits der Seen ist Raum für die Irokesen, diesseits für die Delawaren. Dort steht meine Verlobte Wah-ta-Wah, der weiße Mann hier ist mein Freund. Ich folgte ihm in euer Lager, um zu sehen, ob ihm kein Unglück widerfährt. Alle Delewarenmädchen warten auf Wahta-Wah. Komm, laß uns Lebewohl sagen und unseren Pfad in die Heimat suchen!«

Da erhob sich die krächzende Stimme Briarthons, des zu den Huronen übergelaufenen Verräters, der Wah-ta-Wah entführt hatte: »Huronen, dies ist die Große Schlange der Delawaren! Laßt ihr diesen Teufel entwischen, so werden sich die Spuren eurer Mokassins mit Blut färben von hier bis zu den Seen von Kanada.« Und schon warf er sein Messer gegen die Brust des Delawaren. Durch Wah-ta-Wah, die kein Auge von ihm gelassen hatte, wurde mit schnellem Stoß gegen seinen Arm die Gefahr abgewendet, und Chingachgook warf sein Messer und durchbohrte die Brust seines Gegners, daß er tot zur Erde stürzte.

Der schnelle Ablauf der Ereignisse hatte die Huronen verblüfft, jetzt aber erhob sich ein höllisches Geschrei und die ganze Bande geriet in Bewegung. Zugleich hörte man vom Walde her ein ungewöhnliches Stampfen und Dröhnen, zwischen den Bäumen kamen Gestalten und blinkende Waffen zum Vorschein – eine Abteilung Soldaten in scharlachroten Röcken brach im Sturmschritt aus dem Wald.

Das Wutgeheul der so plötzlich Überfallenen, das Angstgeschrei der fliehenden Weiber und Kinder und das Rufen der angreifenden Truppen vermischten sich zu einem wüsten Lärm und Kampfgetümmel. Wildtöter hatte Judith und Wah-ta-Wah hinter Bäumen in Sicherheit gebracht, aber vergebens nach der von den Huronenweibern mitgerissenen Hetty ausgeschaut. Dann kämpfte er an der Seite Chingachgooks und Hurrys gegen die sich verzweifelt wehrenden Indianer, denen jeder Rückzug abgeschnitten war, bis ein Bajonettangriff der Soldaten den letzten Widerstand der Wilden brach.

# Ein Abschied für immer

Als die Sonne am folgenden Morgen aufging, lag Ruhe und Frieden über dem Glimmersee. Nur das Leben auf der Biberburg und der Arche war verändert. Eine Schildwache ging auf der Plattform auf und ab, und etwa zwanzig Mann trieben sich im Haus oder auf der Arche herum, wo auch die Gefangenen untergebracht waren.

In der Burg rang Hetty mit dem Tode. Eine verirrte Kugel hatte sie tödlich getroffen, nun hatte man die Schwerverletzte in ihrem Zimmer gebettet. Judith und Wah-ta-Wah befanden sich an ihrer Seite, als das arme Mädchen für immer sanft einschlief. Am Abend des folgenden Tages wurde ihr Leichnam mit allen Ehren in den See gesenkt, und als sie neben der Mutter, der ihr ganzes Herz gehört hatte, auf dem Grunde des Sees lag, sprach der Feldscher das Sterbegebet.

In der Frühe des nächsten Morgens schifften sich die Soldaten, auch Judith mit ihrer Habe und Hurry Harry, auf der Arche ein, während Chingachgook und Wildtöter ein Kanu zur Überfahrt benutzten. Wo sich die Wege nach der Garnison und den Siedlungen der Delawaren trennten, kam es nach so schweren gemeinsam bestandenen Erlebnissen zu einem bewegten Abschied. Schmerzliche Gefühle bestürmten Judiths Herz, als sie sich von dem heimatlichen Glimmersee und dem treuen Wildtöter losreißen mußte. Auch dem Jäger fiel der Abschied schwer. Dann folgte er den beiden Delawaren. Chingachgook und Wah-ta-Wah wurden in ihren Dörfern gefeiert und hoch geehrt, und der weiße Begleiter nicht minder.

Der Krieg, der damals begann, war schwer, der Name Chingachgooks stieg zu hohen Ehren. Von Wildtöter, oder Falkenauge, wie er damals hieß, sprach jedermann weit und breit mit Hochachtung als von einem großen Jäger.

## Über tredition

### Eigenes Buch veröffentlichen

tredition wurde 2006 in Hamburg gegründet und hat seither mehrere tausend Buchtitel veröffentlicht. Autoren veröffentlichen in wenigen leichten Schritten gedruckte Bücher, e-Books und audio-Books. tredition hat das Ziel, die beste und fairste Veröffentlichungsmöglichkeit für Autoren zu bieten.

tredition wurde mit der Erkenntnis gegründet, dass nur etwa jedes 200. bei Verlagen eingereichte Manuskript veröffentlicht wird. Dabei hat jedes Buch seinen Markt, also seine Leser. tredition sorgt dafür, dass für jedes Buch die Leserschaft auch erreicht wird.

Im einzigartigen Literatur-Netzwerk von tredition bieten zahlreiche Literatur-Partner (das sind Lektoren, Übersetzer, Hörbuchsprecher und Illustratoren) ihre Dienstleistung an, um Manuskripte zu verbessern oder die Vielfalt zu erhöhen. Autoren vereinbaren direkt mit den Literatur-Partnern die Konditionen ihrer Zusammenarbeit und partizipieren gemeinsam am Erfolg des Buches.

Das gesamte Verlagsprogramm von tredition ist bei allen stationären Buchhandlungen und Online-Buchhändlern wie z. B. Amazon erhältlich. e-Books stehen bei den führenden Online-Portalen (z. B. iBookstore von Apple oder Kindle von Amazon) zum Verkauf.

Einfach leicht ein Buch veröffentlichen: **www.tredition.de**

## Eigene Buchreihe oder eigenen Verlag gründen

Seit 2009 bietet tredition sein Verlagskonzept auch als sogenanntes "White-Label" an. Das bedeutet, dass andere Unternehmen, Institutionen und Personen risikofrei und unkompliziert selbst zum Herausgeber von Büchern und Buchreihen unter eigener Marke werden können. tredition übernimmt dabei das komplette Herstellungs- und Distributionsrisiko.

Zahlreiche Zeitschriften-, Zeitungs- und Buchverlage, Universitäten, Forschungseinrichtungen u.v.m. nutzen diese Dienstleistung von tredition, um unter eigener Marke ohne Risiko Bücher zu verlegen.

Alle Informationen im Internet: **www.tredition.de/fuer-verlage**

tredition wurde mit mehreren Innovationspreisen ausgezeichnet, u. a. mit dem Webfuture Award und dem Innovationspreis der Buch Digitale.

tredition ist Mitglied im Börsenverein des Deutschen Buchhandels.

## Dieses Werk elektronisch lesen

Dieses Werk ist Teil der Gutenberg-DE Edition DVD. Diese enthält das komplette Archiv des Projekt Gutenberg-DE. Die DVD ist im Internet erhältlich auf **http://gutenbergshop.abc.de**

Zeitfracht Medien GmbH
Ferdinand-Jühlke-Straße 7
99095 Erfurt, Deutschland
produktsicherheit@kolibri360.de